魅了魔法を暴発させたら破邪グッズをジャラジャラさせた王太子に救われました

三崎ちさ

ビーズログ文庫

contents

アルバート・
ウィステリア
成績優秀で眉目秀麗な王太子。
マントの下には破邪の守りがジャラ
ジャラと並んでいる。不遜な態度の
似合う俺様だが、意外にも面倒見が
良い。
クラウディア・
フローレス
金で爵位を得た成金男爵家の令嬢。
入学してから毎日のように告白され
たり、迫られたりと"普通"の生活が
送れていない。無自覚に魅了が暴発
していることが分かり……？
魅了魔法を暴発させたら
破邪グッズを
ジャラジャラさせた王太子に救われました

Character

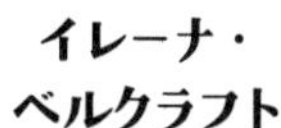

イレーナ・ベルクラフト

薄紫色の巻き髪が特徴の、ベルクラフト公爵家の令嬢。
アルバートの婚約者候補の筆頭と噂されている。
魅了魔法への耐性があり、クラウディアにキツくあたってくるが――。

ジェラルド・エヴァンズ

王立騎士団に所属する、アルバートの護衛騎士。
気のいいお兄さんといった性格で、転移魔法の使い手でもある。

イラスト／天領寺セナ

プロローグ

クラウディアは街でも評判の美しい娘だった。

父はいち平民の商人だったが、娘クラウディアが生まれてから途端に商売がうまくいくようになり大儲け。巨額の富を得た彼は港町に豪邸を建て、そこを拠点として国内でも有数の商会の長となった。

父からクラウディアは『女神の子』と呼ばれた。

難しい商談でも、クラウディアを伴っていれば嘘のようにうまくまとまってしまうのだ。

クラウディアは特段珍しいことができるわけでもなく、優れた知識を持ち合わせ話術に秀でているわけでもない。なにしろクラウディアが父の商談に同席するようになったのは、物心ついたばかりのときからだ。

しかし、クラウディアはただちょこんとそこにお行儀よく座って、「こんにちは」と挨拶するだけでよかったのだ。

クラウディアはただそこにいるだけで人々を魅了した。クラウディアはニコリと微笑むだけでいい。挨拶の一言でも言うだけでいい。

本当にただそこにいる。それだけでいいのだ。


やがて成長したクラウディアは魔術学園に通うこととなった。クラウディアには平民の生まれには珍しく、魔力があった。常人が持たぬ特異な力を正しく扱うことができるようになるために、魔力を持つものは魔術学園に通うことが義務付けられる。

この国で魔力を持つ人間は貴族に多く、『魔術学園』と銘打っているものの、実態としては『貴族学園』と呼んでも差し障りはないほどであった。

平民生まれの娘が学園内で萎縮しすぎることのないようにと心配した父は、そのために男爵の爵位を金で買った。『女神の子』たる実娘を父はそれは大層かわいがっていた。


しかし、クラウディアの学園生活はけして楽しいものではなかったのだった。

1章 ＋ 魅了魔法と私

「お前ほど美しく心優しい女を俺は知らない。……クラウディア、愛している……」

「あの……オルガ様。あなたにはご婚約者が……」

「なあに、親の決めた政略婚だ。婚約の破棄などいくらでもできる」

――壁ドン。

薄暗い校舎裏。煉瓦造りの校舎の壁に手をつき、私を見下ろす彼はオルガ・ツィルギリー伯爵子息。鋭い金の目と銀髪が目を引く美男子で、ちょっぴりワイルドな雰囲気が魅力的！　と学園内で人気のあるお方だ。

うん。見事な壁ドンだ。逆光で陰る彼を見上げながら、私は眉を顰める。

（……壁ドン、もう慣れちゃったな……）

心優しいと彼に言われるようになった心当たりを探す。……だめだ、思いつかない。しいて言うなら、こないだ特別授業で席が隣になった時に彼が落とした万年筆を拾ってあげたことくらいだ。

……そんなことで、婚約者を捨てて私にアプローチしてきてる？　まさか。

……でも、まさかじゃないんだよなあ。

「――ちょっと！　これは一体どういうことなんですの⁉」

はあ、とため息をつこうとしたところで、耳にキンキンと響いたのは甲高い女性の声。

「なっ……リンドマリー⁉」

「呆れた、クラウディア様。あなた様のお噂はかねがね伺っておりますわ！　婚約者のいる殿方にも色目を使うふしだらな成金令嬢だとか！　どうせ玉の輿でも狙ってらっしゃるのでしょうけど！」

ああ……修羅場だ……。

この学園に入学してから、いったい何度目のことだろう。

でもこのおかげでオルガ様からの壁ドンからは解放されそう。よかった。

「珍しい薄桃色の髪！　美しい白い肌、吸い込まれそうな大きな瞳！　その愛くるしい見た目でどれほどの殿方を籠絡してきたことでしょうね！　全く……嘆かわし……なげかわ……かわ……？」

あっ、来た来た。来たぞ。

リンドマリー様が私に突きつけた人差し指が震え始める。お顔も赤くなってきた。

「……かわいい……っ！」

感極まった掠れ声が絞り出される。

はああ〜とリンドマリー様は両頬を押さえ嘆息しきるとその場にしなしなとへたり込んでしまった。

「こ、こうして間近でお顔を拝見しますと……えっ、嘘……かわいい……えっ、どうしてこんなかわいらしい……信じられない……かわいい……ああっ……!?」

「そうだろう、リンドマリー。これはちょっと耐えられない愛らしさだろう!? 俺はもう彼女しか考えられないんだ！」

「クラウディア様がかわいらしいことには同意しかありませんが、それは承服致しかねますわ!! 彼女と結ばれるのは……このわたくしです！」

「なっ、なんだと、リンドマリー！ 許せん！ 絶対に彼女は渡さない！」

「望むところですわっ、彼女はわたくしが守ります！」

白熱するオルガ様、リンドマリー様。

私はその間にコソッとこの場を抜け出した。

これは私の日常茶飯事。なんだかよくわからないけど、こう……私、クラウディア・フローレスはめちゃくちゃモテるのだった。

「アイリス！　君との婚約を破棄する！　そして……僕はこの男爵令嬢クラウディアと新たに婚約を結ぶことをここに宣言する！」

シン……と静まり返るホール。

定例の学園集会、生徒会長であり侯爵家長男のゴードン様がマイクを片手に大見得を切った。このマイクは魔法の力によって、声を張らずとも広い広いホールのどこにいてもお声が響く便利な代物だ。

（え……。なぜ、学園集会でこんな婚約破棄宣言を……⁉）

しかも私の名前をちゃっかり挙げていた。戸惑いと共に壇上の彼を見つめていると、バチッと目が合い、意味深にウインクされた。

学年の違うゴードン様と私に接点はない。しいて言えば、毎朝の挨拶運動で校舎の正門に立たれているゴードン様と毎日「おはようございます」と挨拶を交わしていたくらいだ。でもそんなことは全生徒みんなやっている。だって、挨拶運動だから。生徒会長のゴードン様はみんなに挨拶をしている。それなのに、なぜ。

「……一体、どういうおつもりですか！　学園の集会においてそのような私的な宣言をなされるなど、あなたに公私の区別はありませんの⁉」

先程ゴードン様に婚約破棄を宣言されたアイリス様がガタッと勢いよく立ち上がり、彼に苦言を呈する。令嬢としてははしたないふるまいだけど……こんな場所でこんな時にこんなことを言われたのならば、やむを得ないだろう。

「フフン、この学園中に知らしめるべきことだと思ってね。どうやら君はこの愛らしいクラウディアに嫌がらせをしていたそうじゃないか！」

「そんなことはしておりません！」

……アイリス様とも接点……ないな。あ、でも、もしかしたら……。

（この間の合同調理実習で、タマネギを切るのをご一緒させていただいた時の……）

その時、アイリス様はタマネギの沁みる液にやられてべそべそになってしまったのだ。

それで、私が「代わりにやりましょうか？」と申し出た。私もそれなりにべそべそにはなるけれど、元平民成金娘の私は他のご令嬢たちに比べたら自分で調理することには慣れていたし、被害はアイリス様ほどではなかった。

……勘違いされそうな場面は……これくらい、かな……。

「あなた、なんてことをいうのですか……わたくしが、この、全世界で一番愛らしいクラウディア嬢に嫌がらせなど！　するわけ、ないではないですか‼」

マイクも使ってないのに、アイリス様のよく通る声がホールに響き渡る。声量が半端ない。たしか、アイリス様は声楽クラブのエースだった。

壇上のマイク、座席の肉声。ホール中を飛び交うお二人のお声！　お二人の盛大なお言葉のやり取りの喧嘩は止まらない。

「……クラウディアさん、ちょっと」

盛り上がる二人に見つからぬよう、コソッと三角メガネの先生がちょいちょいと手招きして私をホールから脱出させてくれた。

ホールを出て、教員たちが出払っている職員室に連れてきてもらった私。空いている席に座らせてもらい、淹れてもらった温かいお茶を飲む。温い温度に気持ちが少し落ち着く。

先生はやれやれとかぶりを振った。

「ふう、困ったものですね。クラウディアさん、これで何度目？」

「すみません、先生……」

「ああ、いいのよ。クラウディアさんが悪いわけではないんですものね」

薄ねず色の髪をキツく巻いた先生は少し慌てた様子で手を振った。

「あなたはとっても素晴らしい生徒ですもの。頑張り屋さんで一生懸命で真面目で。だからあなたがみなさんに愛されることは先生、よくわかります」

「あ、ありがとうございます」

うーん、頑張り屋で一生懸命で真面目って、実際のところ『とにかく頑張ってる』ってことしか褒められていないような気が？

でも、私、成績は全部『優』だものね！　うん、優等生！

「……ねえ、クラウディアさん。良かったら、これからはワタクシと二人きりで特別授業を履修することにしない？」

「えっ⁉　そ、それは、ダメなのでは」

「特例でワタクシが担当している科目以外の単位も取れるようにするから！　ねっ、クラウディアさん。こんな思春期の群れに紛れて何か間違いがあったら……先生、心配でならないの……ッ。ねっ」

はあはあと荒い息遣い。先生の特徴的な三角メガネが白く曇って……。

「ひ、ひいっ！　し、失礼しまーす！」

私は大慌てで三角メガネの先生から逃げ出した。

トボトボと学校の校舎から寮へ帰る道を一人歩く。

――これはもはやモテるとかそんな範疇の話ではないのでは？

薄々気がついていたけど、直視することを後回しにしていた現実に、私は頭を抱えた。

どうしてこうなる。どうしていつもこんなふうになる？　私はもっと『普通』に生きていきたいのに。

私……こんなめちゃくちゃな学園生活、無事卒業を迎えられるのかな？

（なんだか最近、前にもましておかしくなってきちゃったな……）

学園に入学したての頃は、こんなふうではなかったと思う。今となっては、私とまともに話してくれる人は誰もいなくなってしまった。

かつて同級生とのやりとりは笑顔で挨拶して他愛のない天気の話とかをしてそれでおしまい、くらいのアッサリしたものだったのに、今ではニコッと笑いでもしたらコッテコテの阿鼻叫喚を引き起こしてしまうので気楽に微笑むことすらできなくなった。

先生たちも、前はおかしなことになった人たちに迫られてたら普通に助けてくれてたのに、最近は……かなり怪しい感じになっている。

『気配消し』の魔法を使って茂みに潜みながら、かつて一瞬だけあった穏やかな学園生活を儚んでため息をつく。

「……おかしいな、俺の女神は一体どこに……」

さきほど顎クイしてきた男子生徒が諦め悪く中庭を捜し回る。

（うう、見つけないで）

家にいた頃はお父さんに『女神』と呼ばれたらとても嬉しかったのに。今は全然嬉しくない。

この人がいなくなったらコソコソダッシュで薬学教室に移動しないと。「次の授業なんだっけ？」「魔法薬学だよ」とこんな会話の流れから一秒後に顎クイされると誰が思う。

不思議そうに首を傾げる彼が去っていくのを見届けてようやくホッとする。とりあえず、授業が始まってくれればそうそうおかしい展開が起きることはない。……はずだ。

よっと腰を上げたところで後ろからジャラ……と金属が擦れたような音が耳に響いた。誰かいるのかと思って振り向くけれど、誰もいない。

「いけない、もう時間無くなっちゃう！」

気になったけれど、慌てて私は薬学教室にコソコソしながら小走りで向かった。

また別の日。今日も渡り廊下でたまたま目があっただけの人に腕を摑まれた。それをきっかけにしてわらわらといろんな人が集まってきて、取り囲まれて、危機一髪のところに開け放たれた廊下の窓から運良く季節外れの突風がふいてきて、みんなが怯んでいる隙に近くの窓から飛び降りて事なきを得た。二階から飛び降りるのは最初は怖かったけど、何度か繰り返すうちに慣れた。身体強化の魔法をちゃんと使えば大丈夫。

はあとため息をつく。ホッと安心したのも束の間で、すぐにまた名前の知らない人と目があって、私は中庭の茂みに素早く逃げ込んだ。

茂みの中で膝を抱えていると、中庭に設けられた東屋から笑い声が聞こえてきて、そちらに目がいく。茂みの中から見上げれば、顔を突き合わせて、声を弾ませてとりとめもない話をする女の子たち。

(……いいなあ)

なんてことのない『普通』の風景だと思う。私にはない『普通』の日常。

人目を避けて茂みで座り込んでいる私は『普通』ではないと思う。両親から甘やかされて育った世間知らずの私でも、それくらいのことはわかる。

(学園生活、楽しみにしてたんだけど)

もう二週間も両親からの手紙の返事をしないでいる。手紙に書けるようなことが何もないから。父と母に伝えられるような楽しい出来事がない。

毎日毎日、男の子にも女の子にも、果てには先生にまで追いかけられて変な感じで告白されているだなんて、そんなことを両親への手紙に書けるわけがない。

私を溺愛している父は私が貴族だらけのこの学園で萎縮しすぎることのないようにと、そのためだけに男爵の爵位を買い上げたくらいなのに。そんな父に心配をかけたくない。

「学園生活、楽しくないよ」なんて言えない。

東屋の女の子たちの会話に耳を傾ける。最近流行りの服のこと、よくわからなかった授業のこと、この先生がカッコいい、食堂で一番おいしいランチはなにか。

（……この子たちが話していること、このまま手紙に書こうかな）

お友達とこんなことを話して過ごしているんだよ、って。

（さすがにそれは、ダメだよね）

自分の考えに、首を振る。顔を上げて、周囲の様子を窺う。迫ってきていた人がいなくなったことを確認して茂みから這い出た。

人気のまばらな中庭、誰とも目を合わせないように下を向いて歩く。

そんな私の目の前をサッと誰かが横切った。深紅色のマントがはためき、ジャラ、と重々しげに何かの音がした。

ええと、あの人は……。この国の王子様だ。名前は……。

「――アルバート様！　ちょうどいいところに」

そうだ、アルバート王太子殿下だ。何か用事でもあるのか小走りで彼に駆け寄って名前を呼んでくれた上級生の男子生徒のおかげで思い出す。なにかと目立つ人だけど、とにかく派手で堂々としていて態度がデカくて偉そうで実際偉い人というイメージが強すぎてお名前の記憶が薄れていた。

（うーん、でも、いつも周りに女の人がいる派手な人……って思ってたけど。最近はお一人でいることが増えたような……？）

殿下は私よりひと学年上の二年生。学園に入学したばかりの頃、わあ学園に王子様がいるんだあ、すごいなー、王子様だし、カッコいいからモテるんだろうなー、背も高いしなー、すごいなーと思いながらおのぼりさん全開で彼を取り囲む女子生徒たちの壁ごしに遠巻きに見ていた記憶がある。女の子に囲まれても頭一個分くらい背が高いからわりとしっかりお顔は見られた。豊かな金色の髪に意志の強そうなつり眉、大きな青い瞳、不敵な笑み。

殿下ご自身の表情そのものはその時と変わらないし、目を引く人だというのも変わらないけれど……。なんでだろ。

「……あら、クラウディアさん。お一人？　もうじきお昼休みも終わるでしょう、よかったら一緒に教室に戻りません？」

同級生の女の子だ！　しまった、殿下を眺めてボーッと突っ立っていたから捕捉されてしまったみたい。

（まあでも女の子だからマシかな……）

苦笑いで返しながら彼女と一緒に教室に向かう。……けど、距離が近いんだよなあ。

（これ、お友達の距離じゃないよね……）

同級生女子はぺったりと私に身を寄せて、しなやかな指先を私の手に絡めようと幾度となくアタックを仕掛けてきていた。なんとか逃げようとしているけど、だいぶしつこい。

（……『普通』のお友達が欲しいなあ）

なんて、私は廊下の窓の向こうの青い空に思いを馳せるのだった。

今はまだ、二学期が始まってやっとひと月が経ったところ。一番寒い冬の時期に入学して、ようやく初夏を迎えようとしている。三年間の学園生活は残りあと二年半もある。

……長いなあ。

「……これは……」

あまり人に会わないようにしようと朝の五時に寮を出て、コソコソ登校した私。

教室に備え付けられているロッカーに何かが挟まっていた。

『本日、正午ごろ。第二校舎裏まで来られたし』

見事な達筆で綴られているのはその一文のみだった。ラブレターか、果たし状か。

どちらにせよ、二人きりで会ったら……壁ドン、かなあ……。校舎裏って絶好の壁ドンスポットなんだよね……。

——よし、無視しよう！

私は三秒くらいで決心した。手紙は校舎の中で捨てるのもちょっとなんだから寮に戻ってから細切れにして捨てた。


『本日、正午ごろ。第二校舎裏にて待つ』

『五日正午、第二校舎裏においでください。お待ちしております』

『六日放課後、第二校舎裏にてお待ちしております。何卒おいでくださいませ』

『七日正午、第二校舎裏』


「し、しつこい……!!」

しかもとうとうもはやただのメモ書きになってしまった。

何だか、ちょっと申し訳ない。地味に一度だけ指定の時間を変えたのがいじらしい。

「……。そっと様子を見てみるくらいなら……」

うん、ちょっとくらいなら。

そして向かった第二校舎裏。よく告白スポットに選ばれる第一校舎裏とは違って、ここは敷地内でも一番奥まったところなせいかあまり人気のない場所だった。

気配を消す魔法をかけて……こっそりとそこで待ち構えている人物をそーっと確認する。

……えっ。

視界に入った予想外の人物。遠目からでもわかるキラキラオーラ。オーラどころか実際、

金色の髪は陽の光を浴びて黄金のように煌(きら)めいている。金髪碧眼(きんぱつへきがん)で脚(あし)の長いあのひと、いや、あのお方は……。

「……わっ⁉」

パン！　と何かが破裂(はれつ)するような音がして、うっかり声を出してしまう。

しまった、バッチリ目が合ってしまった。ザッ、と靴底(くつぞこ)が土を蹴(け)る音が響く。

「ほう、生意気に気配消しの魔法を使ったか。あながち考えなしの愚者(ぐしゃ)ではないようだ」

「ひっ」

ギロッ、とまつ毛が長くて迫力(はくりょく)のある派手な瞳が物陰(ものかげ)に潜んでいた私を睨(にら)む。制服の上に羽織ったマントを翻(ひるがえ)し、彼は私に近づいてきた。

「おっ、王太子殿下……⁉」

慌てて私は最上位の存在に対する礼をする。私のそんな些末(さまつ)な仕草など気にもしてない様子で殿下はズンズンズンと近づいてくる。歩みを進められるたび、殿下が身につけていらっしゃる装飾(そうしょく)品か何かがジャラ、と音を立てていた。

なぜこんな校舎裏に王太子殿下が……。いや、というか……あの達筆で健気(けなげ)なお手紙の主は……殿下だったの……⁉　どうしよう、毎日せっせと細かく割(さ)いて捨ててしまっていた……バレたら不敬罪かな……。

私が狼狽(うろた)えている間に殿下はもう目の前まで迫ってきていた。私は慌てて後ずさる。

　この距離はマズいかもしれない。今まで何度も味わってきた例のアレに殿下もなってしまうかもしれない。なんでかよくわからないけど、みんなが私に壁ドンしたくなるアレに……。

「あっ、あの、私にあまり近づかない方がー……」

「ナメるな。貴様程度の魅了魔法など、この俺には効かん」

「……えっ」

　魅了……魔法？

　聞き慣れない言葉にきょとんとする私。殿下はなんだか怒っている？　ようだった。

　整った眉をつんと上げ、眉間には深いしわが。お顔がいいだけに凄みがある。

　――パァン！

「きゃっ」

　先程と同じように、何かが弾ける音がした。殿下の……マントの下から聞こえてきた？

「やはり、無自覚か。……まあ、それもそうか。本来であれば秘匿とされている魔法だ。使おうとして使えるものではない」

　フン、と殿下は顎をしゃくり、鼻を鳴らす。

「え、ええと……あの、し、失礼ながら、王太子殿下が……こちらのお手紙の送り主様だったということでよろしいでしょうか……？」

「そうだ！　貴様、何日も何日も待たせおって！」

「ももも、申し訳ございません！　まさか、殿下とは思わず……！　私、その、以前に似たようなお手紙をいただいた際にトラブルがありましたもので……！」

「……フン、まあいい。それよりも、本題に移らせてもらおう。時間が惜しいのでな」

お顔がすごくいいのにそれ以上に圧がすごくて怖い。

王太子オーラを一身に浴びながら私はカタカタと小さく震える。

どうしよう。平伏すべき？　一応在学中は生まれに関わらず学生はみな平等な立場である、みたいな大原則はあるけど。どうしよう。

（な、な、なにを言われるの？　私）

殿下と接点なんて、ひとつもないのに。せいぜい同じ学園の生徒だっていうことぐらい。

殿下は目を伏せ、すうと息を吸い、そして言い放った。

「貴様の魅了魔法のせいで、俺の嫁探しがちっとも捗らんのだ!!」

「え……？」

嫁探し？

聞き間違いかと思って恐る恐るご尊顔を見上げれば、整った眉を吊り上げ、厳しい目つきをした殿下がいらした。

「男も女も問わずに全て片っ端から貴様が魅了していくせいで！　この学園の生徒どもはみな腑抜け！　ポンコツ！　お花畑！　誰も彼も貴様のことしか好きじゃない！　そんなやつらからどう見繕って妃に相応しい女を見つけろと⁉」

「えぇー……」

ポカンとする私。早口で捲し立てる殿下。大見得を切っているせいで、殿下の装飾品か何かがまたジャラランと音を鳴らしていた。

魅了……魅了の魔法……。

……いや、しかし。王太子って、生まれた時から婚約者がいる生き物じゃないんだ……。そうか、魔法を使える人たちが集まるこの学校で、王太子妃にふさわしい優秀な方を見初めるようにしているんだ。多分、そういうことだろう。嫁探しが捗らんということは、きっとそうだ。知らなかった。いや、今はそんなことはいい。そんなことより。

呆気にとられすぎてどうでもいいことに飛んでいった思考をなんとか呼び戻して私は殿下に聞き返す。

「魅了魔法……？　わ、私が？」

「そうだ。どうやら、無自覚なようだがな」

「ええっ？」

「まさかと思い、しばらく様子を見ていたが……。先日の学園集会での婚約破棄騒動で確信した。貴様の魅了魔法は異常なほどに強力だ。なんとかせねばならん」

「そ、それは、その……」

急に言われても困る。

魅了魔法。授業で名前は聞いたことがある。危険な魔法として特級認定されている禁忌魔法だ。それを私が使っているといきなり言われても全くもってピンとこない。

「お、お言葉ですが、殿下。私、魔力のコントロールについては……『優』の成績をいただいております。そんな無自覚に魔法を行使してしまうなんてことは……」

「ほう?」

殿下の眼が鋭く細められた。怖い。美形の睨み、怖い。

「残念だが、間違いなく貴様は魅了魔法を常時常軌を逸した効力で展開している。さきほど、貴様に近づいた瞬間に俺が持つ『破邪の守り』が爆ぜたのがそれを証明している」

「は、はじゃのまもり?」

おうむ返しする私に、殿下は分厚い深紅色のマントをバッと広げてみせた。

マントの裏には……金や銀、銅に鉄……いろんな素材で作られた剣や龍のようなモチーフの小さなアクセサリーがビッシリだった。さっきから殿下が身動きするたびにジャラジャラいっていたのはこれか。木や藁の人形などもある。

……いや、思ったよりも……いっぱいあるな⁉　涼しい顔してカッコよくマント着てると思ってたら、こんなことになっていたの⁉

　夢に出そうなくらいビッッッッシリと『破邪グッズ』がマントの中に並んでいた。お面と目が合うと怖い。

「……で、殿下、これ、すごく重たくないですか⁉」

「貴様、俺をなんと心得る。この程度なんともないわ」

「さ、さすがです、殿下！」

　フン、と殿下は鼻を鳴らしてふんぞりかえる。不遜な態度がこんなに似合う人もなかなかいないだろう。

「……コレは王家にのみ伝わる『破邪』の効果のあるアクセサリー群だ。貴様のような『魅了』や、『呪い』などを弾く力がある。ただし、効果はひとつにつき一回のみだ」

「さっき、パァンってなったのは、コレが……」

「貴様の魅了魔法を弾いて爆散した音だ」

「ば、爆散してダメになるんですね、それ」

　もうコレは使えないな、っていうのがわかりやすくてよさそうだ。ひとつにつき一回しか使えないというのはコスパが悪い感じもするけれど……。

　しかし殿下はそれにしても大量の破邪グッズを身につけていらっしゃる。これなら、ひとつやふたつ壊れても……まあ、うん、というところか。

私が圧倒されていると、殿下はシニカルに口角を上げて見せた。

「……貴様のその成績の『優』というのも怪しいものだ。学園の教員どももみな、貴様の魅了魔法にあてられているのだから」

「いやあ、さすがに先生たちはそんな……。……あ」

でもこの間、三角メガネの先生に……迫られたばかり……だった、な……。

「で、でもっ、私、全ての成績が『優』なんですよっ。まさかそんな……」

いくらなんでも全員が全員、私の魅了魔法？　の被害者だなんて、そんなことは……。

「普通は全教科の成績が『優』などということはあり得ない。この俺でさえ『良』をつけられるのだからな！」

なぜか殿下は胸を張って大声で仰った。ご丁寧に、人差し指を突きつけて……。なんかちょっと「お前がオレサマより優れてるわけねえだろふざけんな」みたいな気配を感じる。私は商家の娘だから人の無言の圧にはそれなりに敏感なのだ。

「え、普通にやってたら、普通は『優』じゃないんですか？」

「愚か者め。普通は『可』だ。甘い採点ならば『良』かもしれんがな。この学園の存在意義は『国家及び人類、その他環境に危機をもたらす可能性のある魔力を確実に制御できるようになる』ためにある。よって、採点基準には厳しさが求められている」

「……じゃあ」

「何がじゃあ、だ。そんなに普通という言葉が好きなら、こう言ってやる。普通は全ての成績が『優』であることはありえない」

……そんな。じゃあ、私のこのオール『優』の成績は……私の魅了にあてられた先生たちの……忖度によるものだった、ってコト？

私は愕然と膝をつく。

「この成績こそがお前の規格外の魅了の魔力が常に暴走状態である証左ともいえよう」

地に伏した私の目の前でバサッと殿下のマントが翻る。マントの裏にビッシリ貼り付けられた破邪グッズがチラ見えした。

「このままでは俺は貴様を生涯独房にて幽閉することになるだろう」

「ゆ、幽閉？」

「魅了魔法は本来は国家神殿の最奥部に封印されているような魔法だ。正しく使えぬのであれば……魅了魔法の使い手はあまりにも危険すぎる。たとえそれが無自覚なのであろうと、やがてこの国を統べる人間として、俺は貴様を野放しにするわけにはいかない」

「わっ、私、悪いことはしませんが……」

「貴様にその気がなくとも、必ずや貴様の周囲の人間はお前のために我を失っていく。貴様を幽閉するのは何も、国家のため、人民のためというだけではない。貴様のためでもある」

「……」

殿下のお言葉に私は何も言えなくなる。……そうか、私、普通じゃないんだ。いままでのことは全部、魅了魔法のせい。魅了魔法のおかげ。

……私のせいで、いろんな人に迷惑をかけてきたんだ。

「案ずるな。だからこそ、俺は貴様をここに呼び出したのだ」

「で、殿下……」

肩を落とす私に殿下は手を差し伸べる。

「貴様の魅了魔法、この俺がコントロールできるようにしてやろう」

ジャラジャラ、とマントに括り付けられた破邪グッズが音を鳴らした。

「ひ、ひーん」

さあ殿下との特訓一日目！　今日から私、頑張るぞ！

なのに。だったはずなのに。私ときたら。

「おい、先にクラウディアさんを誘ったのは僕だぞ！」

「いいや、さっき目が合ったのはオレだね！」

「何言ってますの、クラウディア様のつぶらな瞳に映っているのは私だけですわ！」

――おかしくなった人たちに取り囲まれて身動きがとれなくなってます。

廊下で一人目にうっかりエンカウントしたのがまずかった。どんどん人が集まってきて、いまや完全に円になって囲まれている。この人の壁を乗り越えるのは大変だ。

「あ、あの、私……人と待ち合わせをしていて……」

「なんてかわいい声なんだーっ！」

「待ち合わせ⁉　ええ、ええ、わたくしとの待ち合わせですよねえ！」

ああ、私のか細い声が雄叫びに消えていく。誰も私の話なんて聞こうともしていない。

（ほ、本当に私のコレ、魅了魔法？）

魅了魔法は術者の意のままに相手を操ることができる魔法のはず。授業でそう習った。

みなさんたちのご様子は控えめに言ってもまあ普通ではないけれど、でも、どう考えても私の思い通りにはなっていない。ひたすら私に対して熱狂しまくっているだけだ。

思い通りになるのなら、今すぐサーッと道をあけてほしいのに。

殿下、ごめんなさい。

偉そうだけど、いい人そうだったのに。初日から約束を破ってしまった。

胸の内で謝罪をしていると、ジャラ……とどこかで聞いた音が耳に入った。

「――何をやっているんだ、貴様は」

人人人の廊下に静かに響く声。このお声は……私が振り向く前に誰かが先んじて叫んだ。

「アルバート王太子殿下!?」

さきほどの熱狂のうねりとはまた違うざわめきが巻き起こる。

みなさんの意識が私から殿下のほうに移っていった。

「でっ、殿下、申し訳ありません。待ち合わせに遅れてしまって……」

「構わん。想定の範囲内だ」

フン、と鼻を鳴らしながら殿下は腕組みをする。態度は尊大だけど、対応はお優しい。

「行くぞ」

「あっ」

殿下の大きな手のひらが私の腕をぐいと引っ張る。

有無を言わさぬ殿下の態度に人の壁も自然とサッと道をあけた。うーん、派手で威厳のある人は違うんだなあ。

「あ、ありがとうございます。助かりました」

「……いつもはどうやって切り抜けているんだ、貴様」

待ち合わせ場所だった第二校舎裏に到着すると、殿下は眉をつりあげて私を見下ろした。

「え、えーと。アレがしばらくするとみなさんでもっと過激な争いになっていくので……その混乱に乗じてコソコソと逃げていました。気配消しの魔法とかも駆使して……」

「ああ、気配消しの魔法は昨日も上手だったな」

「えへへ、ありがとうございます」

褒められて嬉しい。でも、殿下は照れ笑いの私に呆れたようだった。

「これだけの目に遭っていてよくぞ無自覚でいられたな」

「そ、そうはいっても……これが私の『普通』でしたし……」

おかしいな……とは、まあ、思ってたけど……。

殿下は小さくため息をつくと、どこか遠くを見やって目を眇めた。

「まあ、貴様の状況は知ってはいたが……」

「え？」

「……いや、なんでもない」

殿下は咳払いをしてマントを翻す。

「俺もけして暇ではない。貴様の魅了魔法は一刻も早くなんとかせねばならん。さあ、特訓を始めるぞ」

「はい！」

殿下のマント下のジャラ、という音を合図に私の特訓は始まった。

——王太子殿下から直々に魔力コントロールの訓練を受けることになってはや数日。

初日、ホイホイと取り囲まれてお約束に遅刻してしまった私は反省して、授業が終わったら即『気配消し』の魔法をかけてコソコソ真っ先にここに走って向かうように徹した。

人気のない例の校舎裏が私たちの特訓場所だ。人は滅多に来ない場所だけど、殿下は念のため、『姿消し』の魔法をかけてくださっている。高位魔法なのに、あっさりと私と殿下二人分の魔法を行使できる殿下はすごい。

(……でも、この人、開口一番言ったのは『俺の嫁探しが捗らん！』だったよな……)

なんかつい勢いに負けて「殿下～！　どうしようもない私を助けてくれるの!?　ありがとう～！」って雰囲気になっちゃったけど……私の魅了魔法をどうにかするのって、もしかしなくてもソレのオマケ……では!?

「なんだ、その目は。俺への不敬を感じるが」

「いえっ、なんでもございません！　ありません！」

うんうん、オマケでもなんでもいいよね。このままじゃ、私、まともな学園生活、ひいては卒業後も地味で控えめで堅実な日々を送るのに障害があるし……。

殿下の目的は『俺の嫁探し』。そのために邪魔な私の魅了魔法の制御訓練に付き合ってくれる。うんうん、お互いに利益があって良いことだ。

さて、魅了魔法を制御するために……まず私が行っているのは、基礎魔術である『火』のコントロール。鍋の水が吹きこぼれない絶妙な火加減を維持し続ける……というとても地味な訓練なのだけど、それがものすごく難しい。

私の魔力量は多い。何も考えずに超絶火力を出力し続けることは容易いけど、この繊細な火加減を……鍋の様子を見ながら調節し続けるというのは、なかなか厳しい。

ちょっと気を抜くとあっという間に鍋は吹きこぼれる。

それで慌てるとさらに火の勢いが強まり、鍋を焦がす。

「その調子では貴様が魅了魔法を制御できるのはいつになることやら……」

殿下がやれやれとかぶりを振ると、つられてマントの中身がジャラジャラいった。

うん、わざわざ殿下のお近くにいくようなこともなかったから知らなかったけど、殿下って一挙一動ごとにジャラジャラ音がするのね。マントの中の破邪グッズのおかげで。

頭の中で『ジャラジャラ王太子殿下』って呼んでしまいそうだ。呼ばないけど。頭の中だけで。

あ、そうだ！　と私は思いついたことを言ってみる。

「王家の破邪グッズを学園のみなさんに配布するのは？」

そうしたら、学園中が私にメロメロで何をしても全肯定、『優』なんてことはなくなるし、殿下も意気揚々と嫁探しができるのでは……。

「身につければいいというものではない。これらの装飾品は全てオーダーメイドだ。俺以外の人間が身につけたところで大した効力は発揮せん」

残念だ。まあ、たしかにそれは根本的な解決にもならないしね。私の暴発しっぱなしの魅了魔法をなんとかしないと……。

こうして王太子殿下から直々にトレーニングを受けていても、いまだに私は魅了魔法を使っている自覚はない。本当に、魅了魔法を抑えることができるようになるのかな？

——パァン！

「……弾けましたね」

「貴様、集中力が切れてるだろう。火の魔力の調整に意識がいっていれば、魅了魔力の出力が強まることもないはずだが？」

「すすすすみません」

よそごとを考えていると、どうも即バレするらしい。気をつけよう、集中しよう。

殿下は態度は尊大だし、口調もきついけれど、意外や意外。モノの教え方はとても丁寧。一朝一夕に魔力コントロールが身につくとは思えないけれど、気長に私に付き合ってくださるようだった。

校舎裏に生えているちょうどいい感じの切り株に腰掛けて、パラパラと本をお読みになっている殿下。本に目を落としつつも、私の様子は気にかけてくださっているみたい。

「……どうも貴様は、膨大すぎる魔力を持て余しているようだな」

「うう、そうかも……しれません」

魔術の試験ではいつも指定されている威力の数倍の魔術を放ってしまっていた。でも、『こんなに強大な魔術が使えるなんてスゴい！　加点三万点♡』という評価になっていたから……あまり気にしたことはなかった。

（……でも、その甘すぎる採点も、全部私の魅了魔法のせいで……）

だから、勢い余って校舎の屋根を燃やしても怒られなかったんだ。ついしゅんとなる。

――パァン！

また殿下の破邪グッズが壊れた。いけない。また気が逸れた。鍋も焦げた。

「魔力が強くなればなるほどどうしてもそれぞれの制御は難しくなる。貴様ほどの規格外の魔力であれば、貴様の魔力制御がポンコツなのもそう恥じるものではない」

「ポンコツ……」

「腐っても魔術学園に通っているだけのことはある。だが、他の連中ならば許容できる最低限のラインが貴様は何倍も厳しいのだ」

「腐っても……」

褒められているのか貶されているのかわからない。なんとなくありがたいことを仰っている気はするけど……。ありがたがっていいのかな……？

「教員どもが腑抜けになっていなければ、貴様はもっと魔力制御も上手くなっていただろう。俺が少し忌憚のない指導をしただけで、この数日で格段に魔力制御は上達している」

「ほ、本当ですかっ？」

私が前のめりに一歩近づくと、殿下の破邪グッズがまたひとつ爆ぜた。やっぱり距離が近くなるとダメらしい。殿下は眉を顰め、パッチリ二重の目力が強くて派手な印象を与える青い眼を眇めた。

「すみません……」

「無意識で常時展開している魅了魔法については……道は長いだろうが」

はあ、とため息をつかれる殿下。ジャラ、と音をさせながら殿下は軽くマントを翻すと、勝ち気に眉をつりあげて私に笑って見せた。

「それでも一歩は一歩だ。貴様の努力の分だけ進んでいく。貴様のその素直さは美徳だ。このまま励めば、必ずや貴様はまやかしの評価ではなくて自分の力で歩んでいけるようになるだろう」

「……殿下……」

放課後、すでに日は暮れていた。夕日が殿下を朱く輝かせていた。自信満々の不遜な表情がなんだかとても格好良く見えた。

「は、はい！　私……頑張ります！」

気合いを入れて殿下と向き合えば、パァンパァンと連続で破邪グッズが爆ぜた。

2章 ✚ 魅了魔法のヤバいやつ

「殿下、いつも助けていただきありがとうございます……」

薄桃色の頭を深々と下げるクラウディア。当然のことだ、と俺は鼻を鳴らした。

今日も今日とて、クラウディアは魅了魔法を食らってポンコツになっている連中に迫られて一悶着を起こしていた。本来であれば仲裁役になるだろう教員までもが彼女の魅了の虜になっているのだからどうしようもない。

オロオロと困り果てていたのを無理やり引っ張って人気のない第二校舎裏まで連れてきて一息入れたところだ。

「でも、どうしていつもいつも私が絡まれて困っているところがわかるんですか？」

クラウディアはきょとんと小さく首を傾げる。

「これだけ派手に魅了魔法を撒き散らしているんだ。貴様の行動パターンを把握するなど容易いことだ」

「さ、さすがです！　殿下！」

クラウディアはすみれ色の大きな瞳をさらに大きくしてキラキラとした眼差しを向けて

きた。同時に、魅了魔法が強まり俺の破邪の守りを破壊する。

無意識に展開している魅了魔法はクラウディアの感情に左右されて強まりやすいらしいことを俺はコイツと過ごす数週間のうちに把握していた。

初めのうちは破邪の守りが爆散すると驚いてビクッとしていたが、コイツも慣れたのかひとつふたつ弾けたくらいでは気にしなくなったようだった。やはり、なかなかに図太い性質らしい。生まれつきのものか、異常な環境に身を置きすぎてそう進化せざるを得なかったのかどちらだろうか。

（……コレがひとつでも壊れる、というのは本来大事なんだが……）

腕を組み直すとジャラ、とマントの下に備えている破邪の守り同士が打ち合って音を立てた。王家に生まれてきた以上、この身に降りかかる危機はそれなりにあった。だが、過去どんな脅威があろうとも破邪の守りが身代わりになることはなく悠然と過ごしてきた俺としてはこの現状に複雑な胸中を噛み潰している間に、クラウディアは不意に小首を傾げて見せた。

「……ん？　もしかして、たまにジャラジャラって音が聞こえてたのって……」

「なんだ、気がついていたのか」

「はい。ジャラジャラ、って音が聞こえる時があったな、って」

ボーッとしているようで、頭の回転はけして鈍いわけではないらしい。話をしていると妙に受け答えが軽妙なことがある。国内有数の商家の娘というだけのことはあるのか、意外とコイツとの会話はテンポがよくなかなか退屈しない。

「魅了魔法の使い手はどんなやつかと、少し様子を見させてもらっていた。悪かったな」

「うう……お、お見苦しいところをお見せしまして……」

クラウディアはハハ、と乾いた声で苦笑した。

「貴様が追い詰められて逃げようとする先は大抵中庭だ。取り囲まれてどうしようもなくなっているのは一年生の教室から第二校舎に向かう二階の渡り廊下」

そして、最終的には廊下の窓から飛び降りて逃走することが多かった。様子を窺いつつ逃げる手助けをたまにしていたから知っている。さてどうするだろうかと、迫る群衆に向かって風魔法を使って怯ませて隙を作ってやったら、迷いなく颯爽と窓から飛び降りる姿を初めて目撃したときはさすがに驚いたが。

「そ、そうです！　完璧です、殿下！」

キラキラとした目で見られるのは悪い気はしない。魔力制御の特訓をしている最中のクラウディアの反応はだいたい素直で純朴なものだった。王太子という身分に萎縮している態度は最初こそ多少あったが数日のうちに『素』を見せてきた。

早くコイツをなんとかしないといけない。その思いから始まった魔力制御トレーニングの日々だったが、存外やりがいがあった。乾いたスポンジが水を吸うように、クラウディアは教えてやればみるみるうちに魔力制御の技術を向上させていった。魅了魔法を撒き散らす迷惑極まりないやつではあるがこちらの言うことを実直に聞く性格、真面目さ自体は素直に好ましいと思えた。

「このまま特訓を始めよう。準備はいいか？」

「はいっ、殿下！　頑張ります！」

クラウディアがグッと両手を引き締める。透き通るすみれ色の瞳の輝きをまともに真正面から見てしまうと、破邪の守りが反応し、パァンと弾けた。

クラウディアはもはやこのくらいでは全く動じない。やる気まんまんに拳を掲げて「がんばるぞー」とのんきに言っている。

（……）

マントの裾を引っ張って揺らすとジャラジャラと金属質のものがぶつかり合う音。破邪の守りはまだ潤沢にある。だが、週末あたりにはまた追加で製造を依頼したほうがよさそうだとアタリをつける。

魅了魔法を撒き散らす無自覚モンスター・クラウディア。コイツ自身は純朴な少女だ。コイツに指導すること自体はいい。案外楽しい時間になっている。ただ問題があるとすれば。

――破邪の守りの消耗が激しすぎるということくらいだ。

翌朝。いつもと同じ時間に起き、簡単な朝食をとり、身支度を終えた。

魔術学園の学生寮は一人一部屋個室が与えられている。生徒の身分階級には関わりなく全て同じグレードの部屋だ。王太子という身分の俺でも変わりない。簡易的なキッチン、木製のシングルベッド、机に椅子、箪笥と本棚がひとつずつというこぢんまりとした簡素な部屋だが、居心地は悪くない。

登校時間になるまで読みかけの魔術書を読み進めようと椅子を引いたところでノック音に気がついた。

はい、と返事をし、施錠を外す。念のため扉から距離を取ってから、向こうから扉を開けてもらう。学園内に不審者が侵入することはまずないが、念のためだ。朝一番に誰がなんの用だろうか。ゆっくりと扉が開かれていくのを注意深く眺める。そして、来訪者の姿を見て俺は目を丸くした。

「ジェラルド。……なぜお前が」

「なぜって、そりゃあ主君が危機に晒されている可能性があるならオレは来ますよ？」

よく見知った赤髪の騎士は肩をすくめる。ジェラルド・エヴァンズ、俺の護衛騎士は長身を屈めて俺に視線を合わせると小さく囁いた。

「陛下も妃殿下も心配しておいでですよ。なんでまたそんなに破邪の守りがヤられちゃってるんです？」

「……魅了魔法の使い手が学園内にいることは報告していたはずだが……」

「でも、いくらなんでもヤられすぎですよ。どんなヤバいやつなんですか？」

　ジェラルドは心配半分、好奇心半分といった様子でハハと軽く笑っている。ピンク色の『やつ』ののほほんとした笑顔を思い出して俺は思わず顔をしかめた。

「別に、普通のやつだ」

　俺の回答にふうん、とジェラルドは怪訝そうに鼻を鳴らす。デカい図体で部屋の中に入ると、かつて己の暮らしていた部屋の内装を見て「変わんねーな」と笑った。

「まあ、そんなわけで、視察です。学園内にどんな危機があるのか、ね」

　ジェラルドは意味深長なウインクをしておどけて見せた。

　お昼休みの時間。今日はどこでお弁当を食べようかなあと考えながら渡り廊下を歩いていると中庭から黄色い声が聞こえてきた。
（ん？）
　ふと目を向けると見えたのは人よりも高い位置にあるキラキラの金髪頭。殿下だ。そしてその隣にはそんな殿下よりもさらに背が高くて体格のいい赤髪の男性。大人の人だ。見慣れない人だけど、新しい先生とかかな？

じっと見ていると、タイミングよく振り向いた殿下とバチっと目が合う。そして、殿下のマント下からパァン！　と弾ける音がした。

元々勝ち気に上げられている眉が不機嫌そうに一層つりあげられる。横にいる赤髪の男の人は殿下と私を交互に眺めて、なぜか目を細めて笑った。

「今、なにか破裂音みたいなのしなかった？」

「さあ……わたし、殿下たちを見るのに夢中だったから……」

「気のせいかしら……。それにしても、殿下、ただでさえ麗しいのにお隣に壮健な美青年がいるだけでますます映えてしまいますわね……」

唐突な破裂音を不思議がって周囲は一瞬だけざわめいたけれど、みんなすぐにまた殿下たちお二人を眺めるのに夢中になったようだった。

（そ、そっか。みんなは……殿下の破邪グッズの爆散に慣れていないから……）

そういう反応になるのか、と私は知見を得る。破邪グッズの爆発音はものすごく大きな音、というわけではないけど、静かな場所でパァンすればそこそこ響く。でも、とりたてて恐怖心を煽るほどではない……という絶妙な音なのだ。

「見て。あの赤髪の方……王立騎士団の勲章をつけてらっしゃいますわ！」

「ということは、殿下の騎士なのかしら！　どんなご用向きでいらしたんでしょう」

殿下と赤い髪の人を遠巻きに見てるご令嬢たちは、ひたすらキャアキャア言っている。

そういえば殿下って王太子という身分だけど、学園では護衛も何もつけていらっしゃらなかったなあ。学園内では安全が保障されているから、ということなんだろうか。でも、それだとなんで殿下の騎士の人が今日はいるんだろう？

（考えてもわからないことはわからないよね。殿下の破邪グッズをひとつダメにしちゃったけど……今日の特訓の時に謝ろう！）

人の注目を集めに集めている殿下の近くに魅了魔法を撒き散らしている私が駆け寄るのも気が引けて、私はそそくさとこの場をあとにした。

「へえ、あの子が。かわいい子でしたね、殿下♡」

クラウディアの姿が見えなくなるや否や、ジェラルドは猫のように目を細めた。早速ターゲットを発見できて嬉しいのだろう。すでに存在自体は父である国王陛下には報告している以上、アイツのことを隠す気はハナからなかったが、破邪の守りの爆散をもってして知られるというパターンは想定外だった。にやけヅラが言外になんらかの含みを持たせているのが目に見えてなかなか苛立たしい。

「オレ、破邪の守りが身代わりになって壊れるところ、実際に見たの初めてですよ。パァンっていうんですね」

「それはそうだろう。アイツに会うまで俺には脅威など存在しなかったからな！」

俺はバンと胸を張る。破邪の守りは持ち主が呪いや魅了といった魔法をかけられたときに身代わりとなってくれるアイテムだが、そもそも持ち主自身がそれらの魔法を弾くことができていれば発動することはない。王太子という身分である俺にはそれなりの脅威に晒されることはままあった。が、破邪の守りが出る幕もなく、呪いだなんだという類のものは全て自力で弾き返してやっていた。

「そうですよねえ、それでいうと逆説的にっていうか、そうとうヤバいってことですよね？　あの子の魅了魔法」

「……まあ、そうなるな。何しろ、教員を含む学園の全員がアイツの魅了魔法の餌食になっているくらいだ」

「なるほど。じゃ、早速その魅了魔法、ってのがどんなもんか見に行ってみようかな」

ジェラルドは鼻歌交じりにクラウディアが去っていった方向に足を進めた。俺もその背を追う。ジャラ、とマントの下に仕込んでいる破邪の守りが揺れる音にジェラルドが目を丸くして振り向いた。

「えっ、殿下も一緒に来るんですか？」

「なんだ、不都合でもあるのか？」

「いえ？　んじゃ、実況と解説お願いしますね」

アイツの魅了撒き散らしっぷりの実況と解説。いいだろう、やってやろうじゃないか。

クラウディアは校舎内を移動するときは『気配消し』の魔法を使うが、姿が見えなくなるわけではない。俺たち二人が早足で追いかけるとすぐにその背中に追いついた。

「……殿下、あの子、廊下で告白されてますね」

「魅了魔法だからな、廊下で告白くらいされるだろう」

「なんか五人くらい湧いてきてますけど。あ、女の子も来た」

『気配消し』の魔法の効力はおまじない程度のものだ。身を隠した状況や人混みの中で使うのならばそれなりに有用だが、校舎内廊下のような場所ではたいした効果はない。一人に見つかって捕まれば続々と生徒たちはクラウディアを捕捉する。

ジェラルドは初めて見るクラウディアの驚異的な魅了魔法に苦笑いを浮かべていた。

「なんであの子、女の子からもめちゃくちゃ情熱的に告られてんすか？」

「魅了魔法が強力すぎる。老若男女関係なくアイツに夢中になっているから俺は嫁探しが捗らんのだ」

「嫁候補探し、全然報告聞かないから殿下がモテないのかと思ってたらあの子に取られてたんすね」

うんうん、と納得しきりでジェラルドが頷く。

アイツが入学してくるまでは未来の妃の座を狙う女子生徒に取り囲まれることも多かったが、アイツの入学以来、学園内を歩くのが随分と楽になってしまった。みんなアイツの方に向かうからだ。地位と権力しか見ていない連中にとりつかれなくなったのはよかったのだが、魅了魔法にかかっているとみんな少し知能が下がるらしい。そんな中から嫁、いや未来の妃候補は選べなかった。

俺がそう振り返っているうちに、男女入り乱れて混戦を見せる現場に白衣を着た長身の男がやってきて、クラウディアの手を引いて行った。

「おっ、先生が助けに来た！」

「それはマズい！　どこかの特別教室に連れ込まれる前に助けに行かねば！」

「ねえ、先生もダメなの⁉　なんで⁉」

素っ頓狂な声を上げるジェラルドを置いて、俺は白衣の男を追った。

「あ、ありがとうございます。助かりました、先生」

「……ところでクラウディアさん。この間の特別授業途中でいなくなっちゃったよね。これじゃあ単位はあげられないなあ」

「ええっ、そんな。あの時は……男子生徒に迫られて、とにかく逃げようと……」

「クラウディアさんはかわいい生徒だからね。特別に……補講を受けたら単位あげようかなあ？　さあ、こっちに……」

白衣の男は魔法化学の専門講師だ。魔法化学準備室はやつの根城である。ご丁寧に施錠してある横開きの扉を蹴破った。目を丸くした男と、そしてクラウディアがこちらを向く。

「——失礼します！　先生、単位の認定が危ういときは別途レポートの提出で単位が認められるはずです！　よって補講は受けずとも問題はないはず！」

「なっ、殿下……いや、アルバートくん⁉」

「三年前に教員と生徒の不純異性交友があった事件から、緊急時を除いて性別を問わず教員と生徒が二人きりになることは魔術学園教員規定で禁止されています。先生のご提案は規定違反にあたります。無理強いをするのであれば然るべき場に報告いたしますが？」

男がハッとした表情になる。俺の乱入により少し理性を取り戻したらしい。

「す、すまないね、クラウディアさん。ちょっと僕の認識違いがあったみたいだ。単位の件はレポート課題を出しておくから確認しておくように……」

そそくさと魔法化学の講師は準備室から逃げるように退散していった。

「……フン、未遂でも報告はさせてもらうがな！」

壊した扉もやむを得ない事情によるものだとキッチリと説明させてもらうつもりだ。

すみれ色の瞳をたっぷりと潤ませたクラウディアが俺に駆け寄ってきた。パキ、と破邪の守りが怪しい音を立てたが爆散には至らなかった。

「殿下っ、ありがとうございます～」

「ベソベソ泣くな。もう何度も修羅場になっているだろ、いい加減教員を信用するのをやめろ」

「だって、さすがに先生たちは大丈夫かな……って……」

「貴様の成績にオール『優』をつける連中を信用するな」

「暗にそれ、お前が素だったら『優』取れるような生徒なわけねーだろ、目ぇ覚ませって言ってません⁉」

「そうは言ってない。この俺ですらオール『優』は取れておらんのだぞ、常識的に考えて、の話だ」

「うーん……」

涙目のクラウディアにフ、と笑う。特訓での様子を見る限り、クラウディアはむしろ元々優等生の部類だと判じていた。話していると頭の回転も良さそうだ。魅了魔法の影響がない本来の成績でも『優』の方が多そうである。

そうは思っていても、実際の成績が出てくるまでそれを言う気はないが。

「……」

「あ」

惚けた顔で突っ立っているジェラルドにようやく気がついたらしいクラウディアが俺たちを交互に見る。それを受けて、ジェラルドもいつものヘラヘラした顔に戻った。

「えっと、殿下。こちらの方は……」

「俺の護衛騎士のジェラルドだ。少し用があって学園に来ている」

「どうも。ジェラルドです！　オレもここの卒業生なんだよー、そんな緊張しないで」

得意の軽薄そうな笑顔でジェラルドはクラウディアに手を差し出す。少し躊躇いながらクラウディアは握手に応じた。ちらりと俺を横目に見たあたり、おそらく自分の魅了魔法を気にしているのだろう。近くにいればいるほど、身体接触があればあるほど、影響が出やすいことはコイツも把握しているらしい。俺に指摘されるまではそれが『魅了魔法』のせいとは思っていなかったが。

「……コイツは貴様の魅了魔法のことは知っている。警戒さえしていれば、そう易々と貴様の魅了にかかるような男じゃない」

「一応、王家に認められた騎士だからね？　それも王太子殿下の護衛。それなり、だよ」

「は、はあ」

クラウディアは半信半疑という様子でジェラルドを窺い見ているようだった。

「なんか、大変そうだったね。大丈夫？　怖かったでしょ」

「あっ、大丈夫です！　わりと日常茶飯事なので！」

クラウディアはケロッと笑ってみせる。ジェラルドが「マジかよ」という目を俺に向けてきた。俺に向けるな。ネジが抜けてるのはこのピンク髪だ。……コイツもこれで、コイツなりに思い悩んでいるのだが、あえてそれを言いふらすこともないだろう。

「大変、そろそろ昼休み終わっちゃいますね！　お昼ご飯食べなくちゃ！　殿下、助けてくださってありがとうございました！　失礼します！」

クラウディアは部屋の壁掛け時計を目に入れると慌ただしく準備室を走り去って行った。

「……わりとヤベーやつですね、殿下」

「まあ、わりと、そうだな」

揺れる薄桃色の髪を見送るジェラルドの目は同情的だった。

放課後、寮の自室に入るなり、ジェラルドははあ〜といつになく長いため息をついた。

「……オレ、あのあと職員室にも行ったんすよ。古株の先生とかはオレってば教え子なわけだし。でも、懐かしいっすねーみたいな話は普通なのに、あの子の話になるときゅーうに人が変わるんすよ。ヤバくないすか？」

「ああ、教員どももみんなポンコツだ。アイツのせいで」

引き気味のジェラルドに肯定を示す。

「マジの危険なやつじゃないっすか……？　殿下が対応にあたるのよくないんじゃないっすか……？　なんか、こう、外部の人間に任せたほうがいいんじゃ……？」

　ジェラルドの言葉には暗に「ゆくゆくは国を継ぐ人が関わり合いにならないほうがいいですよ」という含みがある。尤もなことだろう。

　万が一アイツとの関わりで一瞬でも俺が魅了魔法に堕ちてしまえば、魅了魔法が解けたあともなお、『魅了魔法に支配されているかもしれない』という疑いを生み、一国の王にはふさわしくないと見做されてしまう恐れがある。いくらアイツ自身に悪気がなくてもだ。

「いや、魅了魔法が強力すぎて学園の教員どもも腑抜けになっているくらいなんだ。ならば王家にのみ伝えられている破邪の守りを持った俺が適任だろう」

　父にも、学園内に魅了魔法を使えるやつがいるということは報告している。そのうえで、この対応を認められた。……まあ、あまりにも破邪の守りが壊れるものだから心配になってジェラルドを派遣したようだが。

　破邪の守りの効力は王家筋の魔力があってこそのものだ。他の人間でも類似品は作れるが、俺が持つ破邪の守りほど強い効力は持ち得ない。

　アイツ自身はいたって普通の女子生徒に過ぎないのだと思うとあまり事を大きくしてやりたくはないという気持ちもある。

「破邪の守り工房の連中いつか過労死しません？」

ジェラルドは懐から紙を何枚か取り出し「うわあ」と言いながら眺めた。横から窺うとどうやら、破邪の守りの発注書のようだった。見覚えがあるのですぐにわかった。なにしろそれを書いたのは俺だ。

「……まあ、破邪の守りがある限りはあなたが魅了魔法の餌食になることは確かにないでしょう。でも、あんなヤバいの目の当たりにしてオレもすんなり帰るわけにはいきませんよ。しばらくご一緒させていただきます」

ジェラルドはヘラヘラと笑って首の後ろに手を回した。

「いやあ、学園生活懐かしいなあ～」

「寝泊まりはどうする」

「ん？　ここに泊まりますよ。オレ、殿下の護衛ですし。簡易ベッド借りてきます」

「空き部屋を借りろ」

「えー？　ま、いっか。なんかあったら転移魔法あるし。それ言ったら別に夜は城に帰ってもいいんですけどねー。さすがに夜にクラウディアちゃんと会ったりはしないでしょ？……あ、それとも、まさか深夜に逢瀬を……」

何を言っているんだと半眼で見ていると、ジェラルドはわざとらしく「こわ！」と肩を震わせて小走りで部屋を出て行った。

さあ平々凡々たる学園生活に突如、眩いこと太陽の如き王太子殿下の隣に赤髪長身の爽やかな王立騎士団の騎士が現れるとどうなるか！

――女子生徒たちが色めき立つ。

（すごい！　殿下とジェラルドさんの吸引力によって、女子生徒たちの私への注目度が……減っている！）

私は感激していた。殿下の隣に見栄えのいい護衛騎士のジェラルドさんがいることで、ただでさえ人の目線を奪う伊達男の殿下の威力がさらにアップされるだなんて。おかげで男子生徒からは相変わらず壁ドンされたり突然廊下告白とか突然私を巡る戦いみたいなのが勃発しているけれど、そこにご令嬢が交ざって混沌とすることがなくなった。より混沌としているほうが逃げやすい場面もあるから良し悪しではあるんだけど……。

しかし、なるほど。魅了魔法の影響よりもさらに強い存在がいるとそっちの方に意識がいくのだと、そういうことなんだろう。

うーん、あとは、まあ、殿下のご助力あって私の地道な魔力制御トレーニングの成果も……ちょっと、あるのかな。どうだろう。まだ特訓成果の実感は得られていない。

なにしろ、毎日追いかけられているのは変わりない。今日も今日とて、私はいつものように逃げるのだった。

「……クラウディアちゃん、今日もすごいねー」

放課後、毎日殿下と特訓をしている第二校舎裏。私の数少ない学園内での安らぎの場所だ。殿下が来るまで自主トレをしていると、校舎の陰からジェラルドさんがひょっこり顔を出した。

「はい！　これ、殿下が作ってくださったんですけど、魔力コントロール維持の要となる体幹と集中力を同時に養えるというすんごい訓練器具なんです！」

殿下お手製のバランス台をピンポン球を落とさないように歩く。見た目はシンプル極まりないが、これがなかなか集中力を要するのだ。

殿下は手先が器用で特訓用にいくつもアイテムを作ってくれていた。王太子なんて身分なら上げ膳据え膳だろうに、殿下は大抵のことはなんでもお一人でできる。すごい。

「いやいや、そっちじゃなくて。追っかけだよ」

「お、追っかけ？」

魅了魔法にやられた人たちのことか。私はハハ、と苦笑いする。

ジェラルドさんが学園にやってきて、早いものでもう一週間だ。放課後は殿下と一緒に私の特訓に付き合ってくれている。学年が違うから授業の終わりの時間が違ったり、委員会の仕事なんかがあるときは殿下が来るのが遅れることがままあるのだけど、そういう時はジェラルドさんが一人少し早めに来て私のトレーニングを見てくれるようになった。

ジェラルドさんは飄々とはしているけれど、講師としては指摘が的確で端的なのでわかりやすかった。殿下とは違う性格の指導を受けられるのはありがたい。

「おっと、危ない！」

バランス台から落ちそうになった私をジェラルドさんが支える。こういうミスをして意識がそっちにもっていかれると、私は魅了魔法の制御を失ってしまい、殿下の破邪グッズをパァンさせるのだけど、ジェラルドさんはケロッとした顔で私を抱えていた。

「ジェラルドさんは私のこと、平気なんですね？」

「魅了魔法って術者への好感度によって威力が変わるんだよ。オレ、年下対象外だから。ごめんね？」

私を地に下ろすとジェラルドさんは両手を合わせて、片目を瞑り苦笑を浮かべた。

（なんでフラれた感じになってるんだろう……）

私は複雑な気持ちになった。

「クラウディアちゃんも別に意識的に魔法を使ってはいないでしょ？　意識的にオレのこと支配するつもりで魅了魔法を使われたり、ずーっとそばにいたらダメだと思うけど、これくらいなら平気だよ。警戒してるし」

「うーん、そういうものなんですね。学園の先生たちもみんな魅了魔法にかかっちゃってるみたいだから、ジェラルドさんも……って心配してたんですけど」

学園の先生たちも基本的に『年下NG』の人たちのはずだから、ジェラルドさん論でいえば魅了魔法のかかりは悪いはずなのに。

「本当は学園の教員どもも平気なはずなんだけどねぇ？　まさか魅了魔法を使える生徒がいるとは思ってないにしても。長い時間かけてじわじわと汚染されてったんだろうね」

「お、おせん」

私、細菌かなにかなんだろうか。思わずおうむ返ししてしまった。

その数日後、ジェラルドさんは第二校舎裏にあるちょうどいい感じの切り株に突っ伏していた。ちなみに、殿下は委員会の仕事があるそうで今日は遅れると連絡が入っている。

「ヤバい……オレも魅了魔法かかるかもしんない……」

「ええっ!?」

「いや、なんかめちゃくちゃ君のことかわいく見えてきた……いや別に今までもかわいくないと思ってたわけじゃないんだけど……」

この間、まあ君は対象外だしオレはすごいやつだから平気平気～なんて言っていたばかりなのに！

「オレ、年下守備範囲外なのに～、なるほど、そりゃあ学園教師陣も魅了堕ちするか～」

「は、はあ。すみません……」

ジェラルドさんは独り言のようにぼやく。

（なんで私が悪い感じになってるんだろう……）

いや、実際に私の魅了魔法が悪さしているわけだけど……。

突っ伏してぐったりしてるジェラルドさんを尻目に殿下が来るまで自主トレーニングに励もうと、校舎の壁にかけてある殿下お手製のバランス台を取りに向かう。

そこでヌッと影がかぶさってきて、私は振り返る。すぐ目の前に、突っ伏していたはずのジェラルドさんがいた。茶色の垂れ目がいつもよりとろんとしているように見えるのは気のせいだろうか。

「……クラウディアちゃんてさあ、殿下のことどう思ってる？」

「えっ⁉」

なんでいきなり、殿下。

「い、いい人だと思います。態度は尊大で、なんというか、不遜の塊みたいな人ですけど、ちゃんと、こう、威厳もあって」

どう思っていると聞かれるとすぐには答えられなくてしどろもどろになる。とにかくいい人だと思っていることだけは伝える。気持ちが焦ったせいかなぜか話しているうちに頬がカッカとしてきた。

ジェラルドさんは私の回答にはさして興味なさそうに目を眇めていた。

「ふーん……。ねえ、クラウディアちゃん」

私はハッとする。

この流れは、アレだ。

「――殿下やめて、オレにしない？」

（きたっ、壁ドン！）

私の顔に濃い影が落ちる。壁に手をついたジェラルドさんは恵まれた体格によって私のことをすっぽりと覆い込んでいた。

間違いない。ジェラルドさんが魅了に堕ちた。年下は対象外だったのでは⁉

ジェラルドさんのゴツゴツとした硬い男性らしい指が私の顎をクイッと上げる。流れるような一連の動作だ。手慣れている感じがする。魅了魔法にかかったらお決まりの一連なれど、人によって細部に個性が出る。やっぱり、慣れている人、慣れていないんだろうなあという人がいる。ジェラルドさんはかなり手練れな気がした。

（私、なんでこんな壁ドンソムリエみたいになっているんだろう）

ぼんやりと意識を飛ばしている私の耳に、ジャラララ！　と心地よい金属質な音が響

いた。

「何をやってるんだ、貴様は！」

「ぐへっ」

殿下のドロップキックが飛んできた。ジェラルドさんの大きな体が派手に地面に滑り落ちる。

「あ、殿下。お疲れ様です」

委員会の仕事終わったんだ。ちなみに、殿下は風紀委員だ。校則的には殿下のジャラジャラは『有り』らしい。わりとこの学園って校則は緩い気がする。みんな制服の上に好きなローブを自由に羽織ったり殿下みたいにマントつけてたりするし。

「貴様は貴様で何をケロッとしてるんだ」

「いやあ……慣れちゃって、壁ドン」

「こんなガタイのいい男に覆い被さられたら本能的に怖いだろう。思い出せ、野性を」

「うう……私の本能……」

なんだか動物みたいな言われ方してるけど、人間の本能にも、そういうものはたしかにあるはず。野性、取り戻さないと……。

私が失った本能を取り戻そうと苦心しているうちに地面に伏していたジェラルドさんはフラフラと立ち上がったようだった。

「はあ……殿下の愛でちょっと頭が晴れました……」

「まだポンコツのようだな」

「いやいやマジで、あの勢いでキックされんのは愛でしょ」

殿下は白けた目でジェラルドさんを見ていた。私もちょっと言っている意味がわからない。

「申し訳ない、クラウディアちゃん。なんかオレ、おかしくなってたみたい」

「は、はい。そうみたいですね」

まだ少しおかしい気がするけど、どうだろう？

「君の魔力、すごく濃いんだよ。これ、無警戒で食らってたらそりゃヤバいや」

「はあ……」

芳しくない私の反応にジェラルドさんはいやいや、と手を振った。

「あんま嬉しくないだろうけど、褒めてるよ。こんなに強い魔力持ちそういないって。卒業したら君、すごい出世できると思うよ」

無自覚だからなんとも。出世、というのもピンとこない。

「オレも実は平民出でさ。成り上がりで王族の護衛騎士になったんだよ。クラウディアちゃんもどう？　女性騎士、結構需要あるよ」

「きっ、騎士ですか⁉　私、剣握ったことないですが……」

「ハハッ、騎士っつっても剣使うばっかじゃないよ！　強い魔法使えるなら問題なし！」

うーん、たしかに、需要があるんだろうなというのはわかる。いかに屈強な騎士でも異性を護衛するときにはどうしても付き添えない場面が出てくる。お召し替えのときとか。そういうときには同性の女性騎士ならば常にそばにいられて都合いいんだろう。

「殿下も悪くないんじゃない？　クラウディアちゃんが王宮仕えの騎士になったら♡」

「どう考えてもコイツに騎士の適性はないだろう。もう少しまともな職場を勧めろ」

殿下はバッサリと切り捨てる。……まあ、私も自分には向いてないな！　と思うからそんなにショックではない。

（でも、学園卒業しても殿下の近くで働けたら楽しそうだなあ）

ふふ、とそんな妄想だけして私は一人笑った。

――あの子は危険すぎる。

殿下の護衛騎士であるオレはそう結論づけた。学園に来てもう幾日だろうか。すっかり長居をしてしまったが、そろそろ見切りをつける時期だ。

クラウディアちゃんの魅了魔法はあまりにも強力だ。彼女が望めば余裕で国を堕とせるだろう。

少なくとも、殿下が対応にあたるべきではない。殿下は破邪の守りを常にふんだんに装備している。クラウディアちゃん自身も魔力制御の技術獲得には意欲的だ。……だけど、危険だ。身をもって彼女の魅了魔法の餌食となったオレが言うのだから間違いない。

彼女に惑わされず唯一対応できる人間――となると、破邪の守りを持っている殿下しか適任者がいないのはそうなのだが。

ふう、とオレはどうしたもんかね、とため息をつく。

(あの子がいい子なのはわかるよ。そりゃあね)

あんなふうに毎日毎日誰かから告白されたり、執拗に追いかけ回されて。普通ならもっと頭がおかしくなるだろう。それがあんな感じにぼんやりさんでいられるんだからたいしたものだ。

図太いとかおおらかとか、そんな言葉で片付けていいもんか？　とすら思う。

オレは殿下とは別行動で、一人でクラウディアちゃんを眺めていた。さて、渦中のクラウディアちゃんはというと、今も中庭の一角に追い込まれて壁ドンされていた。しかし、目は一切相手を見ておらず、覆いかぶさってくる身体ごしに隙を探っているようだった。

肝が据わり過ぎてる。

まあ、こないだ自分もこの子に壁ドンしてしまったわけですが……。

（禁忌指定されるようになってからも魅了魔法の使い手は現れてきた。多くは無自覚で普通よりも少しモテるとか、詐欺に活用してるとか、そんなもんだったけど……）

クラウディアちゃんの魅了魔法はそんなささやかな規模じゃない。彼女自身に操ろうとする意志がないから追いかけ回されているだけだけど、クラウディアちゃんがその気になれば、この学園の生徒教員技能員さんその他職員一同全員いいなりにだってなるだろう。

（そんなの、ヤバすぎなんだよな）

何より、今の状況はクラウディアちゃん自身がかわいそうだ。それなら国の保護のもと監視……っていうと物々しいが、保護してやったほうがいいんじゃ？　とも思う。

殿下もクラウディアちゃんも頑張っているけど、特訓の成果もそう出ていないようだし。

壁ドンを眺めながらそう思う。

やがて、壁ドン男の婚約者を名乗る女子生徒がやってきて、クラウディアちゃんを巡っての修羅場が始まった。その隙にクラウディアちゃんが逃げ出そうとする——のだが。

（やべっ）

激昂した女子生徒が弱めの出力ではあるものの男子生徒に向かって火の魔法を繰り出した。さすがにこの距離じゃ自分の足でも間に合わない。

と、そこで女子生徒の火炎球が横から弾かれた。

（クラウディアちゃん！）

逃げ出そうと駆け出していたはずのクラウディアちゃんが火球に風魔法をぶつけて助けたようだった。迫り来る火炎に青褪めていた男はそれに気がつくと再びクラウディアちゃんに迫った。

「僕の危機を助けてくれた⁉　これは……両想いだね、クラウディアさん！」

「えっ、い、いや、そういうわけじゃ……」

「あああ、忌ま忌ましい！　クラウディア様に助けてもらうなんて、どういうつもり……。やっぱ貴方なんか、灰になっちゃえばいいのよ……ッ」

うわ、女の子の方がもっとヤバいことになってる。

でも今のタイミングならサッと助けに行けるなー、と物陰から出て行こうとしたとき、オレよりも先に金髪のあの人が現場に参上した。

「そこの女子！　緊急の自衛や救助目的以外での人に向けての攻撃魔法は犯罪行為だ！　多くの学生の憩いの場である中庭での騒動も御法度！　俺と一緒に職員室までついてこい！　……そっちの壁ドン男もだ！」

「で、殿下……！」

殿下の登場に男の子も女の子も青褪める。クラウディアちゃんだけがささささっと要領よく殿下の背中に隠れた。妙な熟れ感が今まで何度もこういう現場があったんだろうな、と思わせる。

「貴様は今はいい。さきほどのとっさの行動はよかったぞ。生徒代表で称賛を送ろう。コイツらの聞き取りの中で貴様の行動も報告しておく、内申が上がるぞ。よかったな」

「殿下、あの……私も……？」

「あ、ありがとうございます！」

クラウディアちゃんはホッとした様子で破顔する。二人の生徒を引き連れて職員室に向かうらしい殿下の背でジャラジャラ揺れるマントの下から破裂音がした。このタイミングで？　多分殿下、クラウディアちゃんの無垢な笑顔に弱いんだろうな。

オレはというと、この一連の出来事を見てボリボリと頭をかいていた。

「……自分のことよりも、他人の危機を咄嗟に優先する、か……」


さて、この日の夜。オレは殿下の自室で殿下と対峙していた。殿下も視察はそろそろ潮時かと察していらしたようで、なんとなく緊張感が漂っている。

「オレの判断としては、やっぱりあの子は危険です。で、殿下はどうしたいですか？」

「……俺はこのままアイツへの魔力制御トレーニングの指導を続けていくべきだと考える。まだ周囲への影響は表面化してはいないが……伸びしろはある。アイツが魅了魔法を悪用しようとする気配があれば、責任を持って俺が監督する」

「はーい、わかりました。じゃあそうしましょう」

「……いいのか？」

あっさり笑顔で引き下がったオレに殿下は怪訝な表情を浮かべる。

「あー。積極的に今の状況を応援するわけじゃないですけど、情状酌量というか」

「……引き続き経過観察、か」

「ですね。殿下、あなたの信頼に免じて、ってところです」

オレはニッと笑ってみせる。

「クラウディアちゃんがいい子で真面目で、殿下ともいい関係築いてるってのは見ててわかったし。まあ、いい感じに報告しときますよ」

「……そうか」

大きく表情を変えたわけではないが、殿下の引き締めた眉が若干緩んだ。ホッとしたという様子の主人にオレも目を細める。そして「ところで」と切り出した。

「殿下。オレ、見てて思ったんすけど、殿下ってあの子の魅了魔法……むしろ、他の人らと比べてもかかりやすいんじゃないっすか？」

破邪の守りがあるおかげで殿下は魅了魔法にはかからない。だが、皮肉にも破邪の守りがあるせいで、殿下が魅了魔法にかかりかけたタイミングは非常にわかりやすい。パンパンパンと軽快に弾けていくのは、それだけあの子の魅了魔法がヒットしているからだ。

クラウディアちゃんはたしかに常時魅了魔法を撒き散らしっぱなしだが、それでも魅了魔法がかかるタイミング、というものがある。彼女が近くにやって来たとか、声を聞いたとか、姿を目にしたとか、きっかけは色々なわけだが。だから授業中なんかは大体の生徒の意識は教員とかに向いているおかげでクラウディアちゃんにとってはわりと平穏な時間なわけで。

視察に来て以来、様子を見ていると、殿下はクラウディアちゃんと話をしているときに最低でも三回以上は破邪の守りを爆散させている。破邪の守り一個でも壊れたら本来大事なのに、三回はめちゃくちゃ多い回数だ。

殿下はご自分でも仰るとおりハイスペックなお方だ。素の魔力耐性も高いし、オレと同じように彼女の魅了魔法を警戒しているのであれば魅了魔法がかかりそうになることはそうない、はずなのに。

「………」

「あ、図星?」

いつも堂々としている主人の年相応の可愛げがある反応にオレはつい口元が緩む。オレ以外なら見逃してたろうが、今一瞬だけ眉がピクってなって目を逸らした。

「いやー、殿下、ああいう感じの子がタイプ……オレもうちょっと若かったらまあアレですけどね～、かわいいっすけどね～」

「うるさい」

容姿が好み……ってだけじゃないんじゃない？　とか思うが、そこまでは踏み込まないでおく。そこはお兄さん的には思春期の繊細な気持ちを尊重しよう。

眉根を寄せた殿下にオレは目を眇めた。

（あの魅了魔法がある限り、クラウディアちゃんが殿下の嫁候補になることはない）

殿下が彼女の特訓に付き添うことになったのは、彼女の魅了魔法のせいで女子生徒らもみんなクラウディアちゃんに夢中になっていて嫁探しの妨げになるからだ。どうにか彼女に魅了魔法を制御できるようになってもらわなくちゃ、ってなわけだが……。これはなかなか、なんというか。

（ミイラ取りがミイラ、じゃないけど、もしかしたら目的はすり替わるかもねぇ）

――クラウディアちゃんを王太子である自分の嫁にするために、彼女に魅了魔法を制御できるようになってもらう。目的がそっちの方になるかもしれない。……なんてことを外野の自分などは面白半分に考えてしまう。

「ま、なんかあったらいつでも呼んでくださいね」

殿下のマントの下に潜む魔道具を顎でしゃくってさし示す。護衛騎士であるオレと殿下を結ぶ王家伝来の貴重な魔道具だ。これがあれば転移魔法の使い手であるオレは殿下の危機にいつでも殿下のもとに参上することができる。

「――しっかし、アレだけのダダ漏れっぷりだと気の遠い話ですよねぇ」

「そうだな……荒療治（あらりょうじ）も検討している」

オレのぼやきに近い呟き（つぶや）を殿下は真面目な顔で拾い上げた。

「ん？　と、いいますと？」

「……あえて、魅了魔法を自覚的に使えるようにしてみる、とかだな」

そう言って殿下は眉をつりあげた。

「今日は魅了魔法を使ってみよう」

「えっ？」

早いもので、殿下とのトレーニングを開始して一ヶ月半ほど。私は鍋（なべ）を沸騰（ふっとう）させない火加減はすでにお手のものになっていた。

なかなか優等生なのではなかろうかと、フフンとこっそり鼻を膨（ふく）らませていたところの一言。魅了魔法をなんとかするために頑張っているのに、それを使おう、とは一体どういうご提案なのだろう？

「自分は魅了魔法を使っているのだ……と自覚せんことにはコントロールは難しい。あえて意識して使うことで、魅了魔法が発動しているときの感覚を掴（つか）め。そうして、普段（ふだん）から魅了魔法を使わないように気をつけるようにしてみろ」

「な、なるほど⁉　わ、わかりました！」

真顔でそれらしいことを仰る殿下に勢いで返事をしたものの、私は直後、硬直する。

「……でも、魅了魔法って……どうやって使うんですか？」

「本来ならば禁忌魔法だからな。……だが」

簡単に使ってみるとは言っても、どう使えばいいのやら。殿下は私の質問は想定済みだ、と落ち着き払って頷いてみせた。

「国家神殿に封印されている魅了魔法の術式を解けば、使えるようになるだろう」

「はあ……なるほど？」

「だから、国家神殿に行くぞ」

国家神殿。一般には開放されていない、王族と最高位の神官のみに入室が許されているという我が国有数の文化遺産とも言える場所だ。

「……えっ」

「事情はすでに国王陛下にお話しし、神官長からも許可をいただいている。学校に外出届も提出済みだ」

——手早い！

私は狼狽えたまま、あれよあれよと国家神殿へと連れていかれるのだった。

「ようこそ。私は神官長ジルバです。我が王、並びに殿下の願いにより、クラウディア様、あなたの入室を特別に許可いたします」

「あ、ありがとうございます……」

成金令嬢の私でも乗ったことがないような最新式最高級の馬車に乗せられて、あっという間に到着した国家神殿。厳かな門の前で我々を出迎えたのは神官長を名乗る白髪の老紳士だった。お顔にしわは多いけれど、背筋は曲がっておらずしゃんとされていた。

「魅了魔法を扱うことは禁忌とされています。……が、しかし、あなたはすでに魅了魔法を体得してしまっている。その制御に役に立つのであればと今回許可されるに至りました。けして、悪用されることはありませんよう、ゆめゆめ心がけくださいませ」

「は、はいっ！　もちろんです！」

優しそうな方だけどその声と表情は厳しく、私はごくりと唾を飲む。私の返事に「よろしい」と頷き、ジルバ様は背を向けて神殿内部へと足を進める。

それを追いかける私。ジャラ、と聞き慣れた音が後ろに続く。

「殿下も一緒に行くんですか？」

「無論だ。俺は貴様の監視役も兼ねているからな」

フッとキザに笑った殿下がマントを翻すと今日もジャラジャラと破邪グッズが音を立

てた。不思議なもので、このジャラジャラが聞こえるとちょっと安心する。

国内最大規模の神殿はとてつもなく大きい。魅了魔法以外にも、いろんな禁忌魔法がここに封じられているらしい。迷子になりそうな内部をスイスイ歩いていく神官長のあとをはぐれないようについていく。

やがて、少しひらけた行き止まりに到着した。私たちの背よりも遥かに大きい扉がそこにはあった。到底、人の力で開けることは叶わなそうな石の扉だった。扉には意味ありげな紋様と、その中心に丸い窪みがある。

「この扉の向こうが、魅了魔法を封じているエリアとなります」

ジルバ様が扉に彫られた窪みに深い藍色の宝玉を嵌め込むと、重々しい石の扉が開く。

この先に、魅了魔法が封印されている……。

「……魅了魔法を封印している最奥部までは何重にも罠を仕掛けております。どうか、くれぐれも私よりも前は歩かれませんよう」

ジルバ様が重々しい口調で言った。罠。ものすごくエグいトラバサミとか、壁から無数に放たれる矢とか、そういったものを想像した私は青褪めながらコクコクと頷く。殿下はそんな私を半眼でやれやれと言いたげに見ていた。

「言っておくが、どうせ貴様、串刺しになってギャアー！　的な愉快な罠ばっかり考えているんだろうが、そんなもんじゃないからな」

「えっ⁉」

――なぜわかった⁉　そして、そんなもんじゃない、とは⁉

もっと恐ろしいものがこの先に……待ち受けているというの……？

さっき飲んだばかりの唾を、もう一度私はごくりと飲み下してしまった。

「第一の罠、幻影の間でございます。一歩足を踏み入れますと、部屋中に幻覚効果のある魔力霧が噴射されます。幻覚によって、侵入者をここで引き返させるのですな」

「……」

幻覚……それなら物騒じゃなくていい。神殿だもの、血腥いことはそりゃあ積極的にはしないよね……。

神官長のジルバ様は魔力霧を無効化する結界を私たちに張ってくださった。

「第二の罠、嘆きの間でございます。こちらには人の心理的不安を増幅させる闇魔法がかけられたタイルが床に敷き詰められております、けして私が踏んだタイル以外は踏みませんように。かつてあった悲しみや憎しみなど、たとえささやかなちっぽけなものでも膨れあがって嘆きの感情に心が囚われてしまいます」

「と、囚われる」

ジルバ様が闇魔法を感知する探査型の魔法を発動させると部屋に敷き詰められたタイルが黒く輝き始めた。そして、そのうちの光らない安全なタイルだけを選んで軽快なステップで進んでいくジルバ様に置いていかれないように必死にあとに続く。一歩でも踏み間違えたら……ダメ……ダメ、なんだろうなあ……。

「第三の罠……裏切りの間でございます。侵入者が二人以上であった場合には自分以外の他人が全て憎い存在に見えます。まあ、同士討ちというのを狙ったやつですな」

「わ、わりとダイレクトに物騒」

よく見たら床とか壁になんだか赤黒いシミがある……ような。

ジルバ様は私たちにまやかしを打ち破るという防護メガネを渡してくださって事なきを得た。

「第四の罠、落涙の間でございます」

「落涙……。なんでしょう、ど、毒ガス……とか……?」

「いえ。至る所に落とし穴があります。穴の底にはビッシリと竹槍が。……身を落とし、槍に貫かれ血が流れる姿を落涙と喩えているのですな」

「殿下ーッ！　結構直球で串刺し罠でギャアー！　ですよ！」

「うるさい！　そういう罠もあるだろう！　なんだ鬼の首でも取ったつもりか⁉」

「ほっほっほ。お二人は仲がよろしいのですなあ」

なぜかジルバ様はほっこりとしたご様子でぎゃあぎゃあ言い合う私たちを眺めた。


「罠はさきほどの部屋で最後です。……ここは魅了魔法の封印の間。さあ、どうぞお進みください」

「……ここが……」

とても清廉な気配が漂う小部屋だった。部屋の中央には台座があり、小さな石の箱が載っている。

「この箱の中に魅了魔法の扱い方が封印されています。呪文の唱え方、魔力の巡らせ方……魅了魔法のその全てがここに眠っています」

「……ほ、本当に開けていいんですか⁉」

「くどい。王家からも神殿からも許可は得ている。貴様はすでに無意識下で魅了魔法を使っているのだ。貴様は特別だ」

「は、はいっ」

殿下とジルバ様は少し離れたところで待機することとなった。

私は一人、台座と向き合い、恐る恐る箱に手を伸ばした。

「……！」

箱を開けようとする。けれど、重い。

石で作られているから、というだけではなく、とにかく重い。

「ぐ、ぐぎぎぎ……」

指先が真っ白になるほど力を入れても箱は開かない。

必死で頑張るけれど、どうにも箱が開いてくれる様子は無く。私ははあはあと肩を上下させ、途方に暮れて箱を睨む。

「……ちょっとそれ、貸してみろ」

「で、でんか」

離れた位置にいた殿下がカツカツと歩み寄ってきて、私が苦戦している箱をひょいとつまみ上げた。

そして、しばし眺めたり、軽く蓋に触ったりとしたのちに、スッと目を細める。

「……なるほどな。この箱自体が盗掘者を阻む最後の仕掛けとなっているのか」

「と、いいますと？」

「力任せに開けようとしてもこの箱は一生開かない。この箱が要求する通りに魔力を魔力回路に決められた出力、速度、順番で流すことで箱が開く仕組みになっているようだ」

「……な……」

「求められるのは……魔力の解析力、制御力。そんじょそこらの魔術師では開けることは叶わんだろう。我が校の教員共でも厳しいだろう。開けられるのは国が認定した特級魔術師レベルだろうな」

「そん……」

いや、それ……私、それ、無理じゃない？

ジルバ様もあちゃー、という感じで額に手を当て、きつく目を瞑っているご様子だった。

「罠はもうないって言ってたのに……」

「これは罠ではなく、仕掛けだ」

「うう……ジルバ様はこの封印の仕掛け……ご存じだったんですか？」

「いえ。この道中の罠を考案したのは私ですが、箱の仕掛けを考えたのは別の者です。担当者を分けることで盗掘者に罠や仕掛けがバレてしまうリスクを分散したのですな」

罠の数々、ジルバ様の先導のおかげで突破できたけれど、結構――大変だった。特に最後の串刺しの罠は大変だった。ジルバ様の通ったルートを寸分間違いなく通って行かなくてはならなくて、つま先立ちで慎重に慎重にいかないといけなかったのだけど、何度かついうっかりで落ちかけて、それはもう――大変だった。やっぱり、物理的かつ原始的な罠が一番怖い。

　私は震える指先で己を指差して殿下に問うた。

　魅了魔法が封印された、この箱を開けるなんて——。

「そんなの、無理じゃないですか……？」

「俺もこうして箱を手に取るまではこうなっているとは知らなかった。まあ、無理だな」

　殿下が大きく首を横に振ると、つられて揺れたマントからジャラ、と音が鳴った。

　その音を聞きながら私は拳を戦慄かせる。そして、ダンッと床に拳を叩きつけ、叫んだ。

「徒労ーっ！」

「ほう、意外と語彙が豊かじゃないか！」

「謝罪！　謝罪を要求します！」

「すまなかった」

「えーん、素直すぎて張り合いがなくて感情のむけどころがない～ッ‼」

　魅了魔法。さすがは国が禁忌と認定し、神殿の最奥部に封印しているだけのことはある。

　ジルバ様に導かれて突破した、あの数々の罠。

　並の魔術師では到底解けない箱の仕掛け。

　闇堕ちしたそこらの魔術師がいくら頑張ったところで、これらをかいくぐって魅了魔法の封印は解けやしないだろう。万全の守りだ。きっとこの魅了魔法が悪用されることはない！　はず！　多分！　国の力って、すごい！

　私は地に伏した。ここまでやって来たのに。

「……徒労……」

「まあ、やむを得んな」

　殿下は小さく首を振って、コン、と小箱の頭を手の甲で叩く。

「この箱の仕掛けを解けるほど魔力のコントロールができるのであれば、無自覚の魅了魔法でも制御ができるようになっているだろうな」

　逆説的に言うならば、この箱が開けられるほどの能力があるのならば魅了魔法の制御もすでに完璧になっているはずだ、と。
　フ、と殿下がシニカルに笑う。私も笑い返す。そして引き攣った口元のままぼやいた。
「……楽はできない、ってことですね……」

「地道な努力をする目標ができたな、よかったな」

「ううう、徒労!!」

「それしか言えんのか。なんだその語彙の偏りは。次は無駄骨とでも言ってみろ」

「むだぼね～！」

　かくして、ひたすら努力でとにかく魔力制御の腕を磨きに磨いて無自覚にばら撒いている魅了魔法を何とかするぞという方針が定まったのであった。

3章 ＋ 魅了魔法と夏の訪れ

国家神殿での魅了魔法の会得は失敗に終わってしまった。けれど、そんな私の特殊事情にはお構いなしで、期末試験はやってくる。

試験前も試験中も私と殿下はいつもの校舎裏で魔力制御特訓に励んでいた。

そして、試験の結果は……。

「……学年、十五位……」

廊下に張り出された期末試験の順位表を眺め、思わず呟く。

上の方、されど他の生徒たちの名前に紛れた場所に自分の名前が書かれている。

今までの試験では、この紙の一番上に満点で名前があった。

「……クラウディア嬢が……こんな成績を取るなんて……」

「学園始まって以来の秀才と言われていたクラウディアさんが！」

少し遠巻きにザワザワと私への心配の声が響いていた。

「……クラウディアさん、大丈夫？　体調が悪いんじゃ……」

「最近放課後にあまり姿を見かけなかったな。学業以外に何か忙しかったのかな？」

「あ、ええ、いえ、大丈夫です、みなさん。ご心配ありがとうございます」

声をかけてきてくれた男子生徒数人にニコリと微笑む。

すると、みんな揃って顔を赤らめて、はにかんで鼻を擦ったり、聞いてもいない照れ隠しの悪態をついたりとそれぞれ反応を示した。

(私の試験結果が悪くなったのは、先生たちへの魅了魔法の影響が薄くなったから……？)

魔法のエキスパートである彼らなら、元々魔法の耐性も高くて不思議はない。つまり、私の魅了魔法コントロールレッスンは無駄ではない……ということだ。

うーん、もしかしたらこの十五位という成績も微妙なところかもしれない。完全に魅了魔法の影響が切れたらもっと低い順位かも。……かも。がんばろう……。

「……ねえ、ちょっと、クラウディアさん？」

「はい？」

メロメロ状態の男子生徒たちが去っていき、やれやれと思っていると背中から投げかけられたのは刺々しい甲高い声。慌てて後ろを振り向く。

豊かな薄紫色の髪をたっぷりと巻いたご令嬢が腕を組み、鋭い目つきで私を睨み上げていた。

「彼は婚約者のいる男性ですよ。いくら平民出身とはいえ、あなたもこの学校に通っている以上、婚約者のいる男性にみだりに近づくのはよくない……程度のマナーはご存じですわよね？」

知っている。数えきれないくらいその忠告は受けた。

問題はその忠告後まもなくご令嬢ご本人が私にメロメロになってしまって、なんだかどうにもならなくなるということで……。

「ちょっと、真面目に聞いていらっしゃいます？」

……。

……で、なんだけど、なかなかこの薄紫の君はメロメロ状態にならない。

…………まさか。

「……わ、私……」

「な、なんなんですの？　急に震えだして。ああやだ、わたくし相手にまで媚を売ろうというのですか？」

私、わたし……。

同年代の女の子に、こんなに本気で向き合ってお話ししてもらうの、初めて……！

いつもはここで、なんだかよくわからないまま勝手に見惚れられてうやむやになるのに。

こんなにまっすぐ私の目を見てお話ししてもらうのなんて、魅了魔法が効かない殿下以外だと、本当に、初めてだ……！　年下対象外お兄さんのジェラルドさんすら最初は効かなかったけど後半アウトだったし……。

ちょっと涙出てきた。

「や、やだ、泣かないでちょうだい。フン、少しは響いたようで何よりですわ。以後、自重することね。失礼いたします」

薄紫の麗しのご令嬢はどっかに去っていってしまった。ああ、どうせならお名前を聞いておけばよかった……。お名前がわかっていれば今日の日のことをお名前と一緒に手帳に記しておいたのに……。

悲しみを胸に秘めながら私はすごすごといつもの特訓場所に向かった。学年十五位という成績については殿下からは「めちゃくちゃ微妙なとこだな」とのコメントをいただいた。

私もそう思う。

ちなみに殿下の試験結果は余裕の一位だったそうだ。すごい。

その薄紫の君の名を知る機会は思いのほか早くやってきた。彼女はイレーナというらしい。あとで手帳に書いておこうと心に刻む。イレーナ・ベルクラフト公爵令嬢。魅了魔

法にかかってしつこく話しかけてきた高位貴族の男子生徒に聞いたら色々と教えてくれた。私よりひとつ上の二年生。成績優秀、容姿端麗のスーパーウーマン。そして。

「彼女、あの王太子殿下の婚約者候補筆頭という話だよ。まあ、僕は彼女みたいな絵に描いた貴族令嬢って感じのお嬢様よりも君みたいな子のほうが好みなんだけど……」

「……殿下の婚約者候補……筆頭……」

私は思い出す。そういえば、殿下は学校にお嫁さん探しに来ていて、私の魅了魔法コントロールの特訓に付き合ってくれているのはその一環だったのだ、と。

（あの人がそうなんだ……）

候補、ということは他にも何人かいるのだろうか。同学年の女子生徒や、最上級生も候補にいるのかもしれない。イレーナさんとは学年も一緒だし、噂をされるくらいだから仲もいいんだろうか。

かつて殿下が女子生徒たちに囲まれていたときのことを思い出そうとするけれど、あまりよく覚えていない。薄紫色の髪の派手な美人、いたようないなかったような。

期末試験の結果が張り出されたときのこと、彼女の口調は厳しかったけれど、ご指摘の内容はもっともだ。それに、彼女は殿下をのぞけば初めて学園内で魅了魔法の影響なしでまっとうにやりとりができた人で、あまりにもそれが嬉しくて唐突に泣き出してしまった私にも優しかった。あれだけキツイ口調でやってきたのに、退散するときには私を気遣うようなそぶりすら見せていた。心根は優しい人なんだろう。

（公爵令嬢で、美人で、立派で……ああいう人が未来のお妃様にふさわしいんだろうな）

彼女と殿下が隣り合って派手な美形同士キラキラしながら不敵に微笑んでいる図を思い浮かべ、ふふとはにかむ。

けれど、なぜかほんの少しだけモヤモヤとしたものを感じてしまった。お似合いだとそう思うのに。なぜだろう。モヤモヤ、ううん、なんだか、寂しいというか……。

「クラウディア。君とたくさん話ができて嬉しいよ。もう少しゆっくり話せる場所に行かないかい？」

スッと肩に手を置かれて意識が目の前の現実に戻ってくる。

あ、危ない。完全にボーッとしていた。逃げよう。私は手を振り払い一気に駆け出した。

魔術学園は三年制で基本的には学年ごとに分かれて授業が行われるけれど、実技科目についてはタテ割りの授業のこともある。期末試験が終わった今、本日の午後の授業もタテ割りで行われる半ばレクリエーション的な授業だった。

三学年が全員揃ってやってきたのは学園内の森林公園。広大な敷地を誇るそこは薬草や魔石といった素材が豊富だ。人工的に植林された木々たちは長い学園の歴史の中ですっかり生い茂っていた。今日は魔力を込めた料理を作るための素材集め。どんな魔力効果のある料理を作りたいかを検討し、それに適した素材を自分の目で見極めることが課題とされている。素材集めのあとは調理も別日に行う予定らしい。

「……ではみなさん、二人一組のペアになってください」

（……！）

無慈悲な宣告に心の中で大絶叫する。魔術学園に入学以来、私が一番大嫌いな言葉だ。

素早く『気配消し』の魔法をかけた私は集団を離れ、手頃な木によじ登って身を隠した。

（危ない……また阿鼻叫喚になるところだった……）

私とのペアを狙って学園中の生徒からもみくちゃにされかけたことがある。その時はもう授業に参加するのは諦めて寮の部屋に帰った。

（うーん、試験の結果を見る限り、先生たちはだいぶ……魅了魔法の影響は薄れてきていると思うけど……）

余った子は先生とペアを組むことになる。でも、サバイバルで二人きり⁉　みたいな状況はできれば……避けたい、気がする。

どうしようかな、と思いつつ、おおかたみんなペアが決まってきたところを見計らって木から降りようとする——と、そこで甲高い悲鳴を浴びた。

「あなっ、あなたっ、ななな、なにをっ、そんなはしたないことを！」

「あっ」

薄紫の巻き髪のご令嬢、イレーナさんだ。

「す、速やかにそこから降りなさい！　信じられませんわ、スカートを穿いているのに木に登る淑女がどこにいますの⁉︎」

「はっ、はい！　すみません！」

イレーナさんは真っ赤な顔で戦慄いていた。スカートを押さえながら飛び降りる。

「……ふん、所詮ははした金で爵位を買った成金娘ということですわね。魔術学園でもマナーの授業をやるべきですわ」

「そ、そうしてもらえたらありがたいですね……。家庭教師はいましたけど、みなさんとは違って付け焼き刃でしたから……」

「嫌味で言っていますの」

イレーナさんは美しい顔を歪めて呆れているご様子だった。

「あっ、そうだ！　イレーナさん、もうペアって決まっていますか！」

「急になんですの？　まだ決まっておりませんけど……」

まだ決まっていない⁉︎　なんという天のお導き！　ぐっとイレーナさんに詰め寄る。

「私とペアを組んでいただけないでしょうか⁉︎」

学園の生徒で私の魅了魔法にかかっていないのは殿下とイレーナさんだけだ。人気者の殿下はとっくに誰かとペアを組んでいることだろう。私には、イレーナさんしかいない。

イレーナさんはぎょっと紅い瞳を丸くする。

「は、はあ!? 何を世迷いごとを！ あなたみたいなはしたない成金娘と誰がペアを組むものですかっ」

「ああ、その鋭い一言がいいんです！」

「本当に何を仰ってますの!?」

私の唯一の希望、イレーナさんに追い縋る。私には彼女しかいないのだ。じっとしつこく見つめているうちにイレーナさんの瞳が揺らいできていた。

「うっ……な、なんなんですの。この胸から湧き上がる……気持ちは……!?」

「お願いします、イレーナさん。私とペアを組んでください！」

「おやめなさいっ、そんな潤んだ目と甘えた声でわたくしを呼ぶのはっ。うう……」

イレーナさんのしなやかな指を握りしめる。イレーナさんはキッと私を睨むけれどその手を振り払うことはなかった。

……これは、イケるのでは!? 私は一生懸命イレーナさんの瞳を見つめ続けた。

「……む。なんだ、もうペアを見つけていたか」

「えっ!?」

ガサ、と草むらを踏み締める音とジャラ、という耳馴染みのある音がして振り向くと殿下がいた。なぜかイレーナさんのほうが私よりも驚いた声をあげて、目をパチパチとして殿下を見ていた。

　こちらにガサガサジャラジャラしながら近づいてくる殿下に私は声をかける。

「もう……ってことは、もしかして、殿下、私のためにペア組まずに待っていてくださったんですか？」

「フン。どうせ困り果てているだろうことは目に見えていたからな！」

　で、殿下。やっぱりこの人ものすごくいい人だな⁉　腕を組んで胸を張る殿下の背後に威光が見えた。

「だが俺は不要のようだな。イレーナ、苦労をかけるがよろしく頼むぞ」

「はっ、はい、殿下……ええっ⁉」

「なんだ、お前らしくもない。そんな反応をして」

「わっ、わたくし、別にクラウディアさんとペアを組むわけでは……！」

「組んでくれないんですか⁉」

「だ、だから、その……愛くるしい目と声でわたくしを呼ばないでくださいませぇ〜！」

「あっ」

　イレーナさんは私の手をバッと振り払うと、茂みの中に走り去っていってしまった。

　ポカンと取り残される私。殿下はやれやれとため息をついた。

「イレーナさんどうしたんでしょう？」

「……発作、だな」

殿下は茂みに消えていったイレーナさんには聞こえていないだろう声量で言った。

「発作？」

「ああ、魅了魔法を受けていた名残だ。過去に症例レポートを読んだことがある。魅了魔法を受けてしばらくは術者に対する好意……は残ることがあると」

「わ、私、じゃあ、あまりイレーナさんのそばにいないほうがいいってことですか？」

魅了魔法再発……なんてことになったりして。

「まあ、問題ないだろう。イレーナには難儀なことだが……。アイツは学園内では俺に次ぐ精神干渉魔法の耐性があると見ている。再度魅了魔法にかかってどっぷり貴様に溺れるなんてことはもうないはずだ」

よかった……のかな？

せっかく魅了魔法の影響から解かれた人と知り合えたのだから、イレーナさんとは仲良くなりたい……けど……。

「アレは生来世話好きな女だ。しばらくは意図せぬ己の感情に惑わされてああなっているだろうが、そのうち慣れるだろう」

「そ、そうですかね？」

私、イレーナさんに懐いちゃっても、いいのかな？

「しかし、フラれたな！　貴様！」

「うう、笑わないでくださいよ」

フハハハ、と殿下は大きく私を笑い飛ばす。私はイレーナさんというパートナーを得るために必死だったのに。イレーナさんもなにかの葛藤に必死になってたけど。

「仕方ない。元々そのつもりだったのだ。特別にこの俺が貴様と組んでやろう」

「あっ、ありがとうございます、殿下！」

殿下と組んで行う採取活動は楽しかった。殿下は偉そうだけどいい人だからああだこうだ言いながら素材を見繕うのも楽しいし、逐一語られる蘊蓄も勉強になった。私たちは『精神安定・体力増強スープ』を作るのを目標に素材集めをすることにした。

カゴにポイポイと地味な色をしたキノコを放りながら、ふと殿下は小さく呟かれた。

「イレーナ・ベルクラフトか」

目を伏せて、殿下はふうとため息をつく。

「アレも幼いときはこう頑なではなかったのだがな」

「……殿下、やっぱりイレーナさんのことはよくご存じなんですね」

うーん、さすがは婚約者候補筆頭……。さっきはお二人で会話をする間がなかったけど、実際仲もいいのかも……？

「公爵家は王家と関わり深いからな。小さい頃はよく会った」

「昔とは違うんですか？」

「アイツはなにかとトラブルに巻き込まれることが多くてな。元々はそういう性格ではなかったが、己を高圧的に見せて人を遠ざけるようになったな」

「ううん……やっぱり、高位貴族だと、色々あるんですね……？」

私の言葉に殿下は呆れたように眉を寄せた。どうもだいぶとぼけたことを言ったらしい。

「ベルクラフト家の血統が持つ特殊魔法を知らんのか？」

「ベルクラフト……あっ」

「貴様とて名前は知っているだろう。ベルクラフト治療院」

コクコクと頷く。国内最大規模の治療院の名だ。

「魔法というものはすべての魔法が学べば身につくというものではない。生まれ持った血統のみによって得られる希少な魔法が世の中には存在する。……ベルクラフト、彼女の家系が持つ『癒し』の力がそれだ」

「お、お噂はかねがね……」

ベルクラフト治療院。優秀な医者や看護師が集められており貧富の区別なく治療を施すと評判の治療院だ。院長……すなわち、ベルクラフト当主には『癒し』の力があると聞いていた。目を丸くしている私に、殿下は呆れた雰囲気で鼻で笑う。

「ピン、ときていなかったくせに」

「あんまりにもドデカすぎて行き当たりませんでした……」

そんなすごい力があるだなんて。それはたしかに王太子のお嫁さん、将来のお妃様になってもおかしくない。

「当然王家は各家系の特殊魔法については把握しているが、基本的には特殊魔法は秘匿されている。希少さゆえにその家に生まれた幼い子が攫われる事例があったりしたからな」

殿下は小さくかぶりを振る。

「だが彼女の家系はその能力ゆえに秘匿することができなかった。『癒し』の力はあまりにも有能すぎる。治療院を設立したベルクラフトのかつての当主は己の力を秘匿することは選ばなかった。自らに危険があろうと己の力で救えるものがいるならば救いたいと。そしてその理念は今代の当主にまで引き継がれている」

「ご立派な方なんですね……」

ゆくゆくはイレーナさんもその跡を継ぐんだろうか？

「……あの、ということは、イレーナさんって幼い頃に、色々……あったと……？」

「誘拐未遂は何度かあったな。実行まで移されなくても付け狙われる事態は多かった」

「うう、よくぞご無事で……」

「公爵令嬢だぞ。周りがそう簡単に誘拐なんかさせるか」

なるほど、それで……厳しく振る舞われるようになったのか……。となんだか合点してしまう。もしかしたら私の魅了魔法の名残でちょっと変な感じになっている時の方が素なのかもしれない。……いや、さすがにそれはないか。

「貴様のその魅了魔法も、血統……遺伝によるものではないかと俺は考えている」

「ええっ⁉　でも、父も母も魅了魔法どころか魔力もないんですよ？」

急に話題が私のことになって、仰天(ぎょうてん)する。この話の流れで私？

「先祖返り、というものがある。何代も前にたまたま魅了魔法の使い手が先祖にいて、貴様がいきなり魅了魔法の資質だけ引き継いだのかもしれん」

「そういうことってあるんですか？」

「ある。特殊魔法ではないが、両親ともに平民のはずの子どもが一度も習っていないのに二歳にして火炎(かえん)を操(あやつ)れた、なんて話はザラだな。隔世遺伝による資質のみでの魔法習得例報告は多い」

「うーん……な、なるほど？」

まあ、それ以外の理屈(りくつ)でなんで私が魅了魔法を使えるか、っていうとそれくらいでしか説明もつかないか……。

「俺が持つ破邪(はじゃ)の守りも血統によるものだ。王家の人間には『破邪』の力を持つ魔力が流れている。この俺の魔力をこめることで、この破邪の守りは真価を発揮するのだ」

「だ、だから、破邪の守りをみなさんにお配りしてもどうにもならないと……」

そういえばそんなことを、殿下と特訓を開始したてのときに言っていたかもしれない。

「もしかして、王家のみなさんはみんなその破邪グッズを持っているんですか？」

「そうだ。そして、魔力のこもった破邪の守りをどれほど持ち得ることができるかは己の力の誇示に繋がる。実際多ければ多いほど保険にもなるしな。みな競い合うように多くの破邪の守りを持ち歩いているぞ」

それは……。

「きっと、王家のみなさんがお集まりになったら、それはそれは荘厳なのでしょうね……」

「ああ。貴様の乏しい想像力では及ばないほどにな！」

めちゃくちゃ、ジャラジャラしてるんだろうな……。

「だから殿下はそんなにたくさんジャラジャラしてるんですね」

「そうだ、俺は王家歴代でもまれにみる力の持ち主だからな」

殿下はいつになく誇らしげだった。そういう価値観で育ったからだろう。殿下のジャラジャラにそんな理由？　があったなんて。納得できたような、そうでもないような。殿下がジャラジャラしているのが当たり前すぎてもはや、なんで殿下はジャラジャラしているのか？　と疑問を抱いたことすらなかった自分に気づく。

そして、私はハッとなって殿下に聞いた。

「でも殿下、肩凝りませんか？」

「肩は凝る」

「ですよね」

よかった、殿下も普通の人なんだ……とちょっと安心した。マント重そうだもんね。いつか機会があったら殿下の肩を揉んであげよう。


そして、後日行われた調理実習にて私は毎秒ごとに殿下から「根菜と葉っぱを同時に鍋に入れるやつがあるか！」「全部を強火ですませるな！」「なんで真っ先にソースを入れて煮詰めようとする⁉」といった叱咤を受けることになるのだった。あれ。なんで元平民成金娘の私より殿下の方が手際がいいんだ……？

（ほとんど）殿下が作ってくれた料理は美味しかった。また食べたい。

「――クラウディアさん！　あなた、何度言われたら理解できるの？　いつもそうやって人の婚約者に色目を使って」
「ああ、トマスが優しいのにかこつけてあなたったら……。平民ってみんなあなたみたいに分別がないのかしら？」

「成績も落ちましたし。そろそろみっともない男漁りはおやめになったら？」

中庭の一角、東屋の下で一人きり。さっきまで、またあるご令嬢に絡まれていた私だけど、なんとか逃げてこられた。

ご令嬢単体に絡まれているだけならいいんだけど、そこに婚約者さんがいらっしゃると修羅場みがヤバいのよね。

以前と違い、最近は私の立ち振る舞いを本気で注意しているご令嬢と「あまりクラウディアに厳しいことを言うな！」っていうご婚約者の男性という構図だから、よりいっそう面倒になるのだ。だからなるべくご令嬢単体のときにさっさと逃げてしまうのがコツだ。

それにしても、しかし。

「女子生徒のあたりが強くなってきている気がする……」

「あたりが強くなってきた、で済む話か？」

ジャラ、と金属がぶつかり合う音。

ハッ、このジャラジャラ音は……。間違いない、殿下だ。

今日も絶好調のきれいな金髪。羨ましいほどツヤツヤのキラキラだ。歩く時の効果音はジャラジャラなのに。

「貴様の魅了魔法の制御も少しはマシになってきた、ということだな」

殿下は少し離れた位置に、長い脚を組んでふんぞりかえるように座り込む。

殿下の言葉に「やっぱりそう？」と私はつい頬が緩んだ。

魅了魔法の影響が薄くなってきたのは学校の先生たちだけじゃない。真っ先に魅了魔法が切れたイレーナさんに続いて女子生徒たちへの影響も薄くなってきていたのだ。

期末試験後のレクリエーション的な授業も終わり、振り返りの科目が終わって初めての長期休暇である夏休みを目前とした今、ようやく。魔術学園一年生一学期の終了が迫ってきた今、やっと。

「そっか……。ちょっとずつ、私、ちゃんとできてきてるんだ……」

ついしみじみと口をついて出てしまう。

それに対して殿下は怪訝そうに片眉を上げた。

「嬉しそうだな」

「はい！　ちゃんと、特訓の成果が出てきているんだ、って！」

「貴様の存在は本来ならば、多くの女子生徒には目の上のたんこぶだったことだろう。それが今までは魅了魔法のおかげでそいつらからもチヤホヤされていた。……今の状況が辛くはならんのか？」

「はい。魅了魔法がないと、こういう感じなんだ……って新鮮さの方が強いです！」

素直な気持ちを伝えると、殿下は青い瞳をわずかに細めた。

「魅了魔法はどうしても異性に対しての方が影響力が強いからな。じきに男どもも貴様を魅了魔法の影響なしに扱うようになるだろう」

「楽しみですね！」

ニコニコと全力の笑みで答えると、殿下はますます不思議そうな目を私に向けてきた。

「不安には思わんのか？　お前の人生、ずっと甘やかされてきたんだろう。何をしてもしなくてもチヤホヤされてきたのに、もうどう甘えても教室掃除もゴミ捨ても代わってもらえんぞ？」

「もうっ。私、そんなこと頼もうとしたことありませんよ！」

教室掃除とゴミ捨てをチョイスしてくるの、何？　殿下、案外発想が庶民的すぎる。

「今までの人生とギャップが大きすぎると、それを惜しんでまた無意識に魅了魔法を強めてしまう恐れがある。お前が思うよりも、世間の人間どもは他人には冷たいぞ」

「……心配してくださっているんですか？」

「貴様の心配ではない。貴様の特訓が無に帰すのを危惧している」

青い瞳が私の目を真っ直ぐに覗きこんでいた。……うん。こんなにちゃんと、真っ直ぐに人と目と目を合わせることなんて、私の人生、今までなかったなあ。一方的に迫られて至近距離でガン見されたことはいく知れずだけど。

私とこうやって向き合ってくれた初めての人、殿下。整ったお顔を間近で見つめていると、なんだか胸の奥からあたたかいものがポワポワと浮かんでくるような不思議な感覚になる。

「殿下には私の魅了魔法、効いていないんですよね？」

「当然だ。何を今更」

殿下は腕を組み、不遜に私を見下ろしながら鼻を鳴らす。そんな態度を取られても、どうしてか私の口元は緩んでしまう。あ、殿下ってよく見ると髪の毛、結構猫っ毛だな。

「へへ、だったら、心配いらないですね」

「……何がだ？」

きれいな眉が怪訝そうにつりあげられる。不機嫌そうな顔にも見えるけど、殿下のそういうお顔も今はもう怖くない。最初ちょっと怖かったけど。

「魅了魔法なんてなくたって、殿下は十分お優しいですもん」

「………」

「そりゃあ、意地悪な人もいると思いますけど。……殿下みたいに優しい人がたくさんいるはずです。だから私、大丈夫です」

ニコ、と私は自然と顔を綻ばせていた。

殿下はとても真面目な顔で、私のちょっと恥ずかしい言葉を聞いていてくれていて……。

――パパパパパァン!!

そして、破邪グッズが唐突に大量破裂した。

「きゃ――――!!」

派手な爆発に砂埃が舞う。この規模の爆発は初めてだ。いつもはささやかにひとつだけがパァンと爆ぜる程度なのに。

「叫ぶな！　うるさい！」

「なっ、なんで!?　どうしてそんなに爆ぜたんですかっ!?」

「貴様の魅了魔法のせいだッ！　ええい、せっかく特訓の成果を評価したというのに！　貴様は!!　やっぱり修行不足だッ！　もっとがんばれ!!」

「ええーん！」

なんかちょっといい感じだった雰囲気は文字通り爆散し、私たちはいつも通り特訓に励むのだった。

二学期の振り返りの科目も終わり。魔術学園の生徒たちはこれから一ヶ月の長期休暇を迎える。休暇中も学園寮は開いているが、私は久しぶりに実家に帰ることにした。

「お嬢様、おかえりなさいませ！」

「ただいま、みんな変わりない？」

蒸気機関車の駅に迎えに来てくれた侍女と再会を喜び合う。

駅のホームに降り立った途端、潮の匂いで胸がいっぱいになる。ホームからは遠くに青い海が見えていた。

侍女に荷物を持ってもらいながら、家に向かう。

私の家は港町にある。高台に建てられたお屋敷は町で一番大きい。建てたのは私が十歳の頃だったから、まだまだピカピカの新しい建物だ。

「旦那様も今日はお仕事を早く終えて戻ってくると仰っておりましたよ」

「わあ！　うれしい、早くお父さんに会いたい」

「奥様もサロンの集まりが終わったら大急ぎで帰ると意気込んでおりました」

侍女に笑顔で返しつつ、私は胸のざわめきを抑え込んだ。

……実は少し、心配している。

私の無意識の魅了魔法は、父の顧客にも働きかけていたはずだ。私がいるとどんなに難しいものでも商談がうまくいくのだと父が喜んでくれるから、嬉しかった。今にして思えば、父がミスをして怒鳴り込んできたような顧客も私が挨拶するとコロリと機嫌を直すことがたびたびあったりした。

学園に通い出して半年間。魅了魔法の効果は永続ではないらしい。私の魅了魔法の力で父の顧客となっていたみなさまが、みんないなくなってしまっていたらどうしよう。なんていうことを考えてしまっていた。

(でも、使用人のみんなたちに変わった様子はないものね……？)

使用人たちの表情はこの家を出た時の明るいものと変わりない。だから、きっと大事にはなっていないとは思うが。

荷物の整理をして、ゆっくりとお茶を楽しんでいるうちにやがて父と母が揃って帰ってきて、居間のソファに座っていた私に飛びつくようにハグしてきた。

「クラウディア！　ああっ、愛しの我が娘！　無事に帰ってきてくれてよかったわ！」

「学生寮は一人で寂しくないかい？　夜は眠れているかな？」

「お父さん、お母さん！　久しぶりに会えてうれしい！　私は元気よ！」

久しぶりに見た両親の姿、そして懐かしい声を聞いて思わず胸が熱くなる。

時間もちょうどよかったから、早速ディナーの支度をしてもらうことになった。父も母も学園でのことをたくさん聞いてくれた。学園にいる間も何回か手紙を送ったけれど、それでも心配してくれているみたいで嬉しかった。さすがに魅了魔法のせいでなんかおかしいことになっている毎日です、とは言えなかったけど……。

(最近は殿下のおかげで楽しいことも増えてきたもんね)

殿下のお名前こそ出さないけど、「素敵な友人ができて、いつも放課後に魔法の練習をしているよ」と話している。殿下との毎日の特訓が楽しいのは、本当だ。

雑談を楽しんで、最後の口直しのお茶が出てきたところで、私はぽつりと切り出した。

「……ねえ、お仕事の調子はどう？」

「うん？　ああ、お前はよく商談に付き添ってくれていたものな。気になるかい？」

「う、うん。まあ」

どきりとしながら私は頷く。父は顎ひげに手をやりながらうーん、と首を捻った。

「そうだな……。実はお前がいなくなってからしばらくはなかなか新規の契約が取れなくなって業績が伸び悩んでいたんだよ」

「そ、そうなの⁉」

ああ、やっぱり魅了魔法のせいだ。私がいなくなって父が商売に苦戦している……。

「お前はうちの女神様だからなあ、わたしもお前がいなくてさびしくて調子がでなかったのかな？　とか話してたんだが」

父はハハ、とおどけた風に笑う。魅了魔法のせいだ、とは言えず私は紅茶をぐいと飲んで自分の口を誤魔化した。

どうしよう。このまま我が家が没落していったら。なんとか魔術学園は卒業させてもらって、私が高給取りの仕事をしてみんなを養うしかない。父の商売のためとはいえ禁忌である魅了魔法を使うわけにはいかない。私のために毎日特訓に付き合ってくれている殿下のためにも。

（ジェ、ジェラルドさんに……お城の騎士の仕事……紹介してもらおうかな……！）

私は魔力量が多くて攻撃魔法が得意だし。コントロールの方は目下練習中だけど……王族女性の護衛騎士、案外いいかもしれない。ジェラルドさんいわく、お城の敷地内に騎士の寮があって、ご飯も食べ放題らしいし！

「だけどな、最近また業績が伸びてきたんだよ」

将来のことを考えて頭をグルグルさせていた私に、父は顔を綻ばせながら言った。きょとんと父の目を見つめると、父はいっそう優しげに目を細める。

「うちで長く契約してくれている馴染みのみなさんはずっとご贔屓にしてくれているしね。お前が心配することはないよ。お前はたしかにわたしの商売の女神様だったけれど、わたしはこれでも商売ひとつで成り上がってきた男だからね。うちのことは心配せずに、学園生活を楽しみなさい」

「……うん、ありがとう。お父さん」

父の優しい声が私の胸に染み込んでいく。

よかった。きっかけは私の魅了魔法だったかもしれないけど、でも、父は自らの力でお客様の心を得ていたんだ。父は立派で素敵な商人なのに、娘の私がそれを信じられなかったなんて。

「お前はいつもわたしのことを見守ってくれていたからね。心配してくれていたのか。本当にやさしい子だね、クラウディア」

ニコ、と微笑む父。だけど、ややあってからううむと首を傾げてしまう。

「しかし、不思議だなあ。いくらお前が小さいときからずうっとかわいい女の子だったとは言っても、娘さんがかわいいから、なんて理由だけで契約してくれるほどお客さんという生き物はやさしくはないはずだが」

「アハハ……」

ギクリとして私は空笑いをする。

「まあ、だからわたしはお前のことを『女神様』なんだと思ったんだけどね。商売繁盛の守り神、不思議な不思議な、我が家の大切な女神様だよ」

「……ありがとう、お父さん」

愛情に満ち溢れた眼差しの父に私も表情を緩ませた。

そんな父娘のやりとりをあたたかく見守っていた母が唐突に「うふふ」と笑いだす。

「――ところで、クラウディア。しばらく会わないうちにますますかわいくなったわね。好きな人でもできた？」

「えっ!? ま、まさか！」

「あらあら。でもきっとクラウディアのことを気になる男の子はいっぱいいるはずよ。素敵な出会いがあるといいわねえ」

母は白い頬を赤らめてうっとりと目を細めた。対して、隣に座る父は難しい顔をする。

「むむ……。まあ、あそこは別名『貴族学園』とも呼ばれているところだからな。名だたる貴族子女たちの集まりだ。そのぅ、間違いなどはないと思うが……」

「まあまあまあ。みなさん貴族ばかりでしょう？　ちょっとくらいそういうことがあってもそれがご縁になるならそれもいいんじゃないかしら」

「な、なんてことを言うんだ、母さん!?」

父が裏返った声で悲鳴をあげる。母は楽しげにきゃっきゃと鈴を転がしたような声で無邪気に笑った。

「玉の輿もロマンがあって素敵よねえ。ねっ、クラウディア」

「そ、そう？」

どうかなあ、と思って首を傾げる。夢見心地な瞳をした母は止まらない。

「お母さんはお父さんと二人三脚で頑張ってきて、それも楽しかったけど……白馬の王子様に迎えにきてもらうのもいいわよねえ。ふふ、さすがに王子様はないでしょうけど」

うん、まあ、王子様も学園にはいるけど……。私の白馬の王子様になってくれるかは全然別の話だな……。

（殿下、元気かな）

まず間違いなくお元気だろう。私の頭の中には自信満々の勝ち気な笑みで腕を組んでややふんぞりかえって「フハハハハ！」と笑う殿下の姿しかない。

（うーん、殿下。お嫁さん探しどうするんだろうなあ）

私の魅了魔法の影響も女子生徒からはだんだんと消えていっている。そろそろお嫁さん探しも捗ってくるだろうか？

懐かしい家、懐かしい町で私は久しぶりに穏やかな時間を過ごす。

父と母は私をとっても可愛がってくれていたけど、これも魅了魔法のせいで、もしかしたら態度が変わったりしたらどうしようかと、実はほんのちょっとだけ思ったりもしたけど、それも杞憂だったみたいだ。父と母の愛情は変わらなかった。使用人のみんなたちも変わらず優しい。……安心した。

一ヶ月のお休みはあっという間に過ぎ去っていった。

久しぶりの学校。一番初めの行事は、なんと『海水浴』だった。

海は危険な場所であると長年伝えられてきたが、近年、海水浴は健康及び魔力の増進にいいという研究結果が発表され、海の魔物の発生時期を避けた夏季期間に海の中で歩いたり泳いだりすることが推奨されることとなった。

長期休暇の間に鈍った身体の感覚を取り戻すことを目的として、魔術学園では休み明け一発目に海水浴の行事を取り入れている、らしい。

港町から帰って来たばかりなのに、また海に向かう蒸気機関車に乗ることになるとは。とはいえ海は海でも、私の家とは方向が逆だった。私が住んでいる港町は埋め立て地で砂浜がなく、海水浴場は造られていない。

一時間ほど汽車は走り、海水浴場のある駅に到着する。

魔術学園が所有している海岸の小屋の中で、学校指定の水着に着替える。セパレート式の水着はなかなかかわいらしい。いつもより肌の露出が多いのは慣れなくて恥ずかしいけど、海水浴という場においては普段の生活のドレスコードの常識はとりはらわれるみたい。なんでも、本当は裸で入るのが一番健康にはいいらしい。我が国にはないけど外国には男性専用ビーチ、女性専用ビーチなんてものがあって紳士淑女は専用ビーチを全裸で楽しむのだとか……いくら同性同士でも全裸は嫌だな、って私は思うけど、きっとそこは文化の違い、というやつだろう。水着には胸の辺りに大きなリボンがあしらわれていて、人によっては「野暮ったい」「泳ぎにくそう」という声が聞こえてきたけど、身体のラインが出過ぎないようにデザインされていて個人的にはいいと思う。本気で泳ぎたい生徒にとったら邪魔だ、というのはその通りだけど。

私は普段下ろしている髪も泳ぎやすいようにひとつにまとめて上で結い上げて更衣室を出た。

男子は膝丈のズボンのような水着を着用していた。いわゆる『海パン』というやつらしい。女子以上に露出の多い格好をしている彼らを見て一部の女子生徒たちは「きゃあ！」と黄色い声をあげる。

私はその光景を見てハッとした。

(……殿下……。まさか、この水着にマントをつけてくるのでは……⁉)

海パン姿の男子たちを見て、水着マントの殿下をサッと想像してしまった。殿下はいつだって堂々としていて格好いい人だけどさすがに水着マントはダメな気がする。

ハラハラした気持ちで殿下を探す。全学年合同行事だからどこかにいるはずだ。殿下は目立つからすぐに見つかるはず。別に水着マントの殿下がいたところで私に何ができるというわけでもないけど、つい、気になって探さずにはいられない。

「……何をやってるんだ、貴様は」

「はっ、でってで、殿下！」

背後から声をかけられ、必要以上にビクリと飛び上がってしまった。振り返ると呆れ顔の殿下と目が合う。心配していた殿下の装いは……水着マントではなかった。

薄緑色のパーカーを羽織って、瞳にはサングラスをかけている。殿下に限らず、瞳の色素が薄い生徒がサングラスを装着しているのはめずらしくはないが、その中でも殿下のスタイルは際立っておキマりになっている感じだった。

「パ、パーカーお似合いですね。殿下」

「フン、当然だ」

そうだよね、さすがに、水着マントじゃないよね。当然だよね。私はハラハラしていた胸をホッと撫で下ろす。

殿下が腕を組み直すと、聞き慣れたジャラ、という音が聞こえた。よく見ると、パーカーの裾がずいぶん垂れ下がっている。そこに、アレがあるんだなという重みを感じさせた。

「……貴様は……」

殿下の視線がサングラス越しに向けられる。チラ、と私も殿下を見上げれば、すかさずパァンという音が夏の砂浜に響いた。

「えっ、ええと」

またもパァンと破裂音が続く。

「そんな水着を着ていてどうする⁉」

「学校指定の水着ですけど⁉」

夏の日差しのせいか赤らんだ頬の殿下ががなった。

「魅了魔法の効き目が強くなる格好をするな！　これでも着てろ！」

ばふっ、と顔に柔らかい何かが降ってきた。石けんの爽やかな匂いがする。あ、殿下の匂いだ。

「俺の予備のパーカーを貸してやる。泳ぐ時以外は着ていろ。少しはマシだ」

「は、はい。ありがとうございます……？」

殿下サイズのパーカーは私には大きすぎた。袖から手は出てこないし、裾はお尻をすっぽり覆うどころか、ひざ上くらいまである。

「殿下、大きいからブカブカですね」

「……」

袖から手が出てこないまま口元に手をやってフフッとはにかむ。

するとパパパパパァンと殿下のパーカー下から連続で破邪グッズが砕け散る音がした。

「なんだ⁉　今の音！　花火か？」

「えっ、まだ昼間じゃん」

近くにいた生徒たちがキョロキョロとあたりを見回す。先生が「今日は花火大会の予定

はないぞー！」と声をかけていた。不思議そうに首を傾げるみんな。

「ど、どうして⁉」

突然の景気の良さに驚愕して殿下を見上げても、サングラス越しだと表情がよくわからない。どうして、ってそりゃあ、まあ、私の魅了魔法のせいなんだけど。

（わ、私、いまそんなに制御失ってた……⁉）

「……今日は、あまり俺はそばにいないようにするから適当におおいに遊べ！　じゃあな！」

困惑する私を置いて殿下はそそくさと足早に波打ち際に向かっていってしまった。

「……変な殿下……」

……いや、でも、いつもあんな感じかな……？

「――まあ、みっともない。なんて格好をしていますの？」

去りゆく殿下を見送って間も無く、麗しい声がかかる。

「あっ、イレーナさん」

わあ、スタイルがいい！　同じ指定の水着なのに全然違うものを着ているみたい。出るところは出ていて、お腹は引っ込んでいて、スラリと長くて白い脚を晒しているイレーナさんについ目が釘付けになる。ライン隠しのデザインの胸元の大きなリボンもあまりのボリューム感に太刀打ちできていない。まさにゴージャス、というお姿だ。イレーナさんもサングラスをお掛けになっていた。イレーナさんの瞳も色素の薄い瞳だ。

「？　あれ、この人は……」

「学園外での活動ですからね。念のために護衛を連れてきておりますの」

イレーナさんの後ろに控えてパラソルを持つ黒服の人が深々と私に礼をする。護衛……

夏休み前に殿下から聞いた話を思い出す。なるほど、こうやっていつも警戒しているのか。

（学園にいるときはいないから、学園の中ってやっぱり安全ってことなのかなあ？）

殿下も普段はジェラルドさんを連れていないし……。私のせいで大人もみんなポンコツになっている現状を見ていると本当に学園内の安全は保障されているのか？　というのはやや疑問だけど。なんでもジェラルドさんは転移魔法の使い手だから呼び出されればいつでも殿下のそばにすぐ行けるらしいけど、この護衛さんはどうなんだろう？　緊急時の避難には大活躍だから貴族の護衛には転移魔法持ちは重宝されるという話は聞いたことがあるけれど……。

「殿下からパーカーを賜るなんて……あなた、殿下のなんなんですの？」

ジロリとイレーナさんはサングラス越しに私を睨む。なにと言われると……困るな。大絶賛魅了魔法でご迷惑おかけしているけれど、関係というと……うーん、弟子、とか……？

「まさかあなた、殿下のことまで誘惑してらっしゃるの？　異性と見れば見境なく色目を使うはしたないご令嬢は殿下にはふさわしくありませんわよ」

（そ、それもこれも全部、魅了魔法のせいなんだよなあ）

イレーナさんの言葉には棘があったけど、そういう感想を持つのはやむなしというところか。口籠もっている私をイレーナさんは上から下までじっくり観察し、やがて嘆息した。

「……なんて庇護欲をそそる格好を……ッ。本当に、心底、みっともない……ッ、おやめなさい、そんな、かわいい……くっ……！　あなた、そんな格好をして自分がどう見られるかお分かり……!?」

「えっ、え、す、すみません」

桜色の唇を噛み締め、なぜか苦悶の表情のイレーナさんにギンッと睨まれる。美人なだけに迫力がすごい。殿下と同じタイプだ、殿下もお顔立ちがいいから睨みが迫力あるんだよね。

はあはあと何かと戦ったみたいに息を荒らげているイレーナさんだったけど、しばし肩を上下させているうちに落ち着いたのか、ふうと細く息をつくと私に一歩近づいて手を差し出してきた。

「手が出ていないと危ないでしょう。あなた、海水浴は初めて？　磯で転ぶと岩や貝で裂かれて傷口が深くなって治りが遅いんですのよ。ちゃんと腕を捲ってごらんなさい」

「は、はい」

イレーナさんの白魚のような手がテキパキと私のだぼついたパーカーの袖を捲っていく。肌にわずかに触れた手のひらの感触はすべすべでちょっとドキッとした。

「ありがとうございます、イレーナさん」

「ふんっ、みっともなくて見ていられなかっただけよっ！」

イレーナさんはフンっ、とそっぽを向くと扇子を扇ぎながら護衛を引き連れて高笑いをしてどこかに去っていってしまった。

「……ク、クラウディアさん。大丈夫？　ベルクラフト公爵令嬢に絡まれていたみたいだけど……」

「あっ、はい。袖を捲っていただきました」

イレーナさんの姿が見えなくなったらどこからともなく人がヒョコヒョコ集まってきた。私の経験則上、ヤバい予感がする。

「それだけ？　心配だなあ、彼女は結構アタリがきついって評判だからさ……ところで、よかったら俺と一緒に泳がない？」

「オイ、オレが先に声かけようと思ってたんだぞ！」

お約束のやつだ！　これ以上人が集まってくる前に逃げよう！　殿下のように『姿消し』の魔法は使えないけれど、代わりに下位互換の『気配消し』の魔法をかけて私は駆け出した。

(今度、『姿消し』の魔法も教えてもらおうかなぁ。でも、あんまり私、適性がないんだよなぁ。アレもすでにそこにいるんだってバレてると効果ないし……)

とにかく脱兎(だっと)の如(ごと)く逃げながらうーん、と考える。

さて、私が逃げ回っているうちに、生徒のみんなたちは海水浴を楽しむスタイルを各々(おのおの)確立していっているようだった。砂浜でボールで遊ぶ人たち、パラソルの下で優雅(ゆうが)にドリンクを飲む人たち、波打ち際でちゃぷちゃぷ歩いている人たち、本気で泳ぎまくっている人たち。生徒たちが多く集まっている水辺からは離れた位置で一人、ぽつんとしながらみんな楽しそうだなあ、と私はそれを眺めていた。

そんな中、ふと遠くで泳いでいる殿下の姿が目に入る。遠目でもやっぱり殿下は不思議と目立つ。どうやらご学友と遠泳対決をしているらしい。凄(すさ)まじい勢いで海をかきわけて赤い旗のついたブイを目指していく。その隣のご学友もけして負けてはいないけれど、殿下のほうが少し速そうだ。

つい夢中になって見ていると、ブイにタッチした二人が浜辺(はまべ)の方に戻ってくる。ちょっとドキドキしてきた。殿下がややリードしているものの、差はわずかだ。

(殿下、がんばれ!)

こっそりと心の中だけで応援(おうえん)する。ほどなくして、殿下が先に浜辺に到達(とうたつ)した。

悔しそうな男子生徒といつものように不遜に笑う殿下。とても楽しそうだ。パーカーもサングラスも外している殿下は、水も滴るいい男を地でいっていた。太陽の下で煌めく濡れた金髪、均整の取れた体つき。遠く離れたところから見ても「カッコいいなあ」と思う。

（あ）

ジーッと見てたら、偶然か。殿下と目が合った。殿下は目立つからともかく、殿下、よく私のこと見つけるなあ。視力もいいのかな。

（殿下、カッコよかったです！）

そんな気持ちを込めながら大きく手を振る。殿下は私を見つめ、そしてややあってから海に倒れ込んだ。

「「殿下ーッ⁉」」

私の心の声と周囲のみんなの声が重なる。

海に沈んだ殿下はなかなか出てこなかった。あれだけ泳げる人だから大丈夫だと思うけど……。

どうしよう、駆け寄っていきたいけどこれだけ人がいると魅了魔法を撒き散らしている私はそばには行かないほうがいいかもしれない。でも。

（……あっ！）

ハラハラしている私の視界にキラキラと光り輝く魔力の塊の大きな光球と、それから見覚えのある人影が目に入り、私は安堵してことの成り行きを見守ることに決めた。

「……いや、まっさか主人が海で溺れかけて呼ばれるとは思ってなかったっすわ……」

「溺れかけたわけではない……！」

地を這うような声を出した金色の濡れネズミは親愛なる我が主人、アルバート王太子殿下だ。凄んでもケホッケホッと咳き込んでいるお姿がなんともおいたわしい。

いやしかし。護衛対象のご本人がいない間の護衛騎士が何をしているかというと、もっぱら騎士団内のこまごまとした仕事をやったり、訓練室で訓練していたり。緊急の呼び出しにいつでも行けるようにしているので、軽い仕事しか回ってこないなかなかラッキーな役職だと思っていたんだが。

「生まれて初めての主人の危機による強制召喚がコレとは……」

「コレとはなんだ、コレとは」

海で泳いでいた殿下は護衛騎士であるオレの『座標』になっている魔道具も波打ち際から少し離れたパラソルの下に置いていた。主人の危機を察知し『転移魔法』を発動させた魔道具によって呼び出されたオレは近くに殿下がいないことを認め、周囲の学生たちのざわめきから何が起きているのかを瞬時に理解した。まあオレが迎えに行かなくてもマジで溺れることもなかったろうが、緊急呼び出しには特別手当もつくので、一応。周りの生徒さんたちは突然の殿下の謎アクションにどう反応したらいいかわからずにオロオロしているようだったし。

「や、本気で海でなんかして溺れて呼ばれるとかはわかるんすよ？　でもさあ、その溺れた理由ってのが……クラウディアちゃん？」

「この無防備な状態で魅了魔法を放たれたんだぞ！　抗うには海に沈むしかなかった！」

「そんなに弱いの⁉　クラウディアちゃんの魅了魔法に⁉」

「まかり間違っても未来の王たる俺がアイツの魅了魔法にかかるわけにはいかんのだ……！」

グッと殿下は拳を固め、戦慄かせる。……いや、一日くらい軽くかかっちゃうのぐらいはよくない？　ダメかな？　とちゃらんぽらんなオレなんかは思うのだが、殿下は真面目だからそれをよしとはしないんだろう。魅了魔法には後遺症もあるというから、一度でも魅了魔法に支配されたらアウトだ、ってことだ。一国の王になる人物としてはその判断は正しいんだが、それゆえに繰り出される奇行がすごい。周囲の生徒の目撃情報によると頭から波打ち際の浅い海面に飛び込んでそのまま動かなくなったらしい。魅了魔法と溺死のリスクを天秤にかけて迷わず溺死のほうを取るな。王が死ぬほうがダメだろ。

とりあえずまあ、やることはやった。主人の危機は救った。海から引き摺り出して、パラソルの下で安静にさせて。うん、オッケー。

「大丈夫そうなんでオレ帰りますね。水着の生徒たくさんの砂浜に騎士服のお兄さんがいるのも浮いてるんで」

「……ああ、すまなかったな。呼び出して……」

「全然。ガチの緊急事態じゃなくてよかったっすよ」

ふうんと鼻を鳴らして、グルリとあたりを見回す。パラソルの周りには心配そうに殿下の様子を窺う生徒たち、あんまり気にしないでとにかくはしゃいで遊んでいる子たち。当たり前っちゃ当たり前かもだけど、殿下の天敵のあの子は多くの生徒たちが集まっているこのあたりにはいなかった。

「オレ、せっかくだからクラウディアちゃんに挨拶してから帰りますね。殿下はここでごゆっくりー」

殿下が眉を顰め、目を見開く。

「いやいや心配しなくてもオレ年下はナイですし。水着も学校指定のヤボいやつじゃないすか。殿下が心配するようなことないですよ」

まあ、前科持ちだけど！　あの時はずいぶん長い間そばにいちゃったせいであって、ちょっと話すくらいなら平気なはず！

「……」

その例の前科のことを持ち出してきて引き止めてもいいところ、なぜか殿下は押し黙った。付き合いの長いオレだからわかるが、どことなく気まずそうな雰囲気から、殿下的には学校指定の色気のない水着も『アリ』だったんだろうなと悟る。付き合いが長いから余計なことは言わないけど。お兄さんは思わず、初々しく俯く殿下にフッと爽やかな笑みを浮かべてしまった。

まだふらふらしている殿下をパラソルの下に寝かしつけて、オレは一人、ピンク髪の女の子を探しに出た。

（クラウディアちゃん……君は殿下にとっての夏の海の魔物だよ……）

潮風にふかれながら思いを馳せる。

さて、クラウディアちゃんはというと早々に発見することができた。というか、クラウディアちゃんの方から手を振って駆け寄ってきてくれた。

「ジェラルドさーん！」

薄緑色のパーカーの裾を揺らしながら駆けてくるクラウディアちゃんの姿を認めた瞬間、オレは一瞬固まった。

（あのパーカー、殿下のやつじゃん！）

ブカブカのオーバーすぎるサイズのパーカーの裾からのぞく膝下の白い足。一瞬穿いてないかと驚愕したが全校行事でそんな格好をしているわけがない。大きく開いた首元から水着の紐が覗いているのを見つけてホッとした。

殿下のパーカーを着ているってことは、殿下的にクラウディアちゃんの水着姿がヤバかったから殿下が予備のやつをクラウディアちゃんに着せたってことなんだろうけど。

(……オレの主人、バカかもしんない……)

あの人なにやってんだろう。自分のパーカー着せて攻撃力高めさせてどうするんだ？　バカなのか？　自分を追い詰めるのが趣味なのか？

「ジェラルドさん。殿下……大丈夫でしたか？」

思考が宇宙に飛んでいきそうだったオレの意識をクラウディアちゃんのかわいらしい声が引き戻す。

「あー、うん。大丈夫だよ、さすがにちょっと水飲んだっぽくてケホケホしてたけど元気元気」

「よかった……心配だったんですけど、殿下、今日はあまりそばにいないようにするって仰ってたから……。ジェラルドさんが召喚されてくるのも見えてましたし、ここで見守ってたんです！」

「ああ……それは賢明な判断だったね……」

しみじみと頷く。クラウディアちゃんが殿下が心配なあまり駆け寄っていたらとうとう殿下は魅了堕ちしてたかもしれない。

やっぱり緊急事態は正しく緊急事態だったのだ。オレが呼び出されたことでオレはまさしく殿下の危機をお救いしたのだ。よかった。

「まあ、今はまだちょっと休んでるからそっとしておいてあげて」

「はい！」

素直に答えるクラウディアちゃんはかわいい。パラソルの下で休んでいる時にこの笑顔でやってこられたら多分殿下は死ぬだろう。

「今日も魅了魔法撒き散らしてる？」

「ええ、まあ……。逃げ回って今はこうして一人離れたところでみんなを見守っています……」

「いやあ、こういう行事めちゃくちゃ相性悪そうで大変だね」

「はい……」

しゅん、とクラウディアちゃんは頭を下げる。かわいらしくアップスタイルでまとめた髪は全く濡れていない。かわいそうに、せっかく海に来たのにまだ全く海に近づけていないんだろう。今日に関しては殿下も役立たずだ。ちょっとでも泳げると結構気持ちいいんだけどな。

（……しかし、オレの見立てだと、クラウディアちゃんはだいぶ魅了魔法制御できるよう

になってると思うんだけど）

少なくとも、オレは今現在、彼女の魅了魔法にかかりそうな気配はない。前回会った時よりも、魅了魔法の濃度は薄まっているように感じられた。

（海！　水着！　プラスオンだぼだぼパーカー！　で効果上がっちゃってるのを鑑みるとしたら……コレくらいですんでるのはかわいいもんなんじゃないかね）

彼女のことを遠目からぼーっとした顔でチラチラと見ている男子らを眺めながら思う。前に視察で見たときほどの熱狂っぷりはない。以前通りなら、オレが横にいようがなんだろうが集団で特攻してきたことだろう。

（――やっぱ殿下、クラウディアちゃんの魅了魔法にかかりやすすぎなんだよな……）

控えめに言っても、ちょっと気になるかわいい女の子どころじゃない、なんて思うのだが。

（……殿下、もうクラウディアちゃんのこと好きになっちゃってない？）

そんなことを考えながら、オレは転移魔法で王宮に帰っていくのだった。

――そういえば私、泳いでいない！

西日の眩しさに目を細めた瞬間、ハッとする。

（コソコソするのに集中してて忘れてた！）

太陽が水平線に沈みかけてようやく気がついた。今日、学校行事で海に来たのは海で泳いで心身と魔力の調子を整えるためなのに。私はというと、みんながいる白い砂浜から離れた岩場で一人ぽつんと腰掛けて延々と海を眺めていた。

ジェラルドさんと別れてからも、砂浜にはなかなか近づけないままフラフラしているうちにやっと見つけた安寧の地だ。

寄せては返す波を見ているだけでだいぶ精神的には整った気がするけど、一応行事の目的は果たしておいた方がいいだろう。あと、純粋に興味として綺麗な海に入ってみたい。港町で育ってはきているけど、あそこは泳げる海じゃないから。

「よぉーし、海、入るぞーっ！」

殿下が着せてくれてイレーナさんが袖をおりおりしてくれたパーカーを脱ぎ、折り畳んで岩の上に置く。実をいうと泳いだことがない私。泳がなくても、足……腰が浸かる程度のところでちょっと歩いてたらいいのかな。

ワクワク半分、ビクビク半分、意気込んで海水に足を入れた、その刹那。

——海面から巨大なイカが現れた。……イカ？

（違う、これは……）

突然の目の前の脅威に対し、私は慌てて身を引いて、岩場を踏み締めた。

「ク、クラーケンだーっ！」

海岸に悲鳴が木霊する。俺は目を凝らして怪異を見つめた。巨怪の動きに蹂躙された波が荒々しく渦を巻く。クラーケン、海に棲む魔物だ。

「こんな季節外れに……」

「生徒諸君は急いでこの場を離れて！　小屋まで避難しなさい！　ここは我々で食い止める！」

「自分は戦えると思っていても逃げなさい！　まともに戦う相手じゃない！」

教員はクラーケンと対峙するもの、生徒たちを誘導するものと素早く分かれた。

クラーケンは本来、寒い冬の時期の魔物である。夏の陽気は彼らの生態に適しておらず、冷たい水温の深海に潜っていてこうして砂浜に現れることはないはずなのだが。

突然の事態に混乱しつつもそこはさすがに魔術学園に通う生徒たちだ。教員の指示に従って速やかに避難行動をとっている。

集団をサングラス越しに目を眇めて注意深く見るが、ピンク髪が見当たらない。

（……クラウディアがいない！）

予想通りといえばそうだった。彼女が人のいる場所を避けているだろうことは想定の範囲内だったがしかし、もしかしたらという気持ちで人の波を注視していた。いないとわかれば、すぐさまに踵を返して群衆から離れる。

人のいる場所を避けていたとしてもあまりにも遠く離れたところにまでは行っていないだろう。身を隠しやすそうな岩場にあたりをつけて駆けつけた。

（いた！）

思った通りの場所に彼女はいて、そしてクラーケンに囲まれていた。小さな手のひらにバチバチと火花を散らせているのが見えた。雷撃の魔法を使おうとしているらしい。水棲の魔物には効果的な魔法だ。その判断は正しい。

クラウディアの魔力量は多く、放たれる魔法の威力は強い。むしろ威力を抑えようとして制御に苦戦しているのが彼女だ。クラーケンの一体や二体くらいは倒せるだろう。

（だが、数が多いな！）

視認できるかぎり、ざっと四体の巨大モンスターに取り囲まれている小柄な少女、クラウディア。

滑る岩場を跳ねるように蹴って彼女のところに向かう。ちょうど雷撃の魔法を一体にぶつけ海に沈めることに成功しているようだった。だが、そうしているうちにもう一体のクラーケンが太い触手を華奢な身体に叩きつけようとしていた。

「風よ！　刃となって切り裂け！」

このデカブツを昏睡に至らせる規模の魔法を展開するには時間がかかる。間に合わせで風の魔法で迫る触手をブツリと切り落とした。

「――殿下！」

バッ、と振り向いたクラウディアの安堵した表情と共に彼女の魅了魔法が胸に突き刺さる。こんな時にまで魅了魔法を振りまくな。破邪の守りがひとつ割れたが、荒れ狂った波の音がその音を消した。

「無事か！」

「は、はい！　なぜか突然、クラーケンの群れが！」

魅了魔法が人間以外にも効くという話は聞いたことがないが。まさかな――とふと思う。砂浜に現れたのは二体のクラーケン。クラウディアに迫っていたのは四体。こちらのが数が多い。それはまあいい。なぜ真夏の海にクラーケンが出現したかを解明するのは学校教員らの仕事だ。いち生徒に過ぎん俺の仕事ではない。

触手を切り落とされたクラーケンは激昂していた。眼前に迫る危機を振り払うのに専念するのが先だ。

「コイツらを一気に落とせる大規模魔法を使う。その間、撹乱を頼めるか」

「わかりました！」

クラウディアの返事は心強かった。魅了魔法でトラブル続きのせいか、クラウディアはなかなか肝が据わっているようで、機転が利くやつだ。発動の早い風魔法と雷魔法を駆使してクラーケンの攻撃をいなしてくれる。俺の望み通りの働きだ。

「神の槍よ、全て貫き、勝利と共に我が手に還る槍よ」

右手に魔力を集中させながら詠唱する。この俺が詠唱を必要とするほどの高位魔法だ。バチバチと音を立てながら練り上げた魔力の分だけ火花が激しく右腕を覆っていく。目で合図すると、クラウディアは察したようでさっと俺の後ろに控えた。三体のクラーケンは今が好機だとばかりに一斉に俺たちにその巨体を向けてくる。

「……雷撃、グングニル！」

三体をまとめて薙ぐように、雷の魔法で創り上げた槍をクラーケンに放った。激しい雷鳴と共に、雷槍は全てを貫いた。ドォンと大きな爆発音と共に雷槍は海に沈み、凄まじい飛沫をあげた。クラーケンが巻き起こしたうず潮をかき消すほどの大きな波があがる。

身体を貫かれたクラーケンは海に沈んでいった。かかった飛沫を手で払い、高笑いをあげる。

「フハハハ！　俺の敵ではないわ！」

「でっ、殿下、すごい！」

クラウディアから当然の称賛を受ける。

「貴様もよくやったな。いい働きだっ、た……」

白い頬を赤く染め、クラーケンと対峙した緊張のせいか、すみれ色の大きな瞳は潤んでいた。よく見ると水飛沫を浴びて結い上げている髪は濡れ、細い首にまとわりつく後れ毛がどことなく色っぽく見えた。よく見なければよかったと後悔する。

「殿下！　ありがとうございます！」

「!?!?!?」

目を背けたその瞬間、ぎゅう、と柔らかい物体が飛びついてきた。見下ろせば、なぜかクラウディアが俺の胸の中にいた。……意外とある。いや、そうじゃない。

（ば、ばかもの！）

なぜ抱きついてくる？　心の中でクラウディアをなじるくらいしか抵抗できなかった。

「——殿下！　ありがとうございます！」

私はほとんど無意識に殿下に抱きついていた。耳元で殿下が息を呑むのが聞こえる。

（殿下、すごいカッコよかった……）

さすがに突然のクラーケンの群れは怖かった。殿下が来てくれたときに心底ホッとした。頬に触れた殿下の体温が心地よくてつい頬をすり寄せる。でも、安心したはずなのに胸のドキドキが収まらない。ドキドキが収まってほしくて、殿下の背に手を回し、ぎゅうとしがみつく。

だけど、殿下の大きな手のひらが私の肩を摑んで、そっと私を引き剝がした。それでやっと私はハッとする。

「あ。ごめんなさい、私、つい……」

嬉しくて、安心して、甘えてしまった。ちょっとはしたなかったな、と今更頬が火照る。

「……」

殿下の顔がめちゃくちゃ怖い。え、なんでだろう。さっきまでクラーケンとバチバチやってたから？　でも、つい何秒前かは気持ちよさそうに高笑いしてたのに？

なんで、どうして。困惑していると、パァン！　と聞き慣れた破裂音が聞こえてきた。

（あっ、破邪グッズだ！）

その音が聞こえてきたことでむしろ安堵感のようなものを覚えていると、パン、パン、パンと控えめながらも連続で破邪グッズは破裂し続けていった。

「で、でんか、だいじょう……」

　大丈夫ですか？　と言いかけたところで、頭上からパリィン！　と新しいバリエーションの音が聞こえてきた。咄嗟に上を向く。

「きゃあっ⁉」

　殿下のキマっているサングラスが割れていた。殿下は忌ま忌ましげに割れたサングラスを取る。さっきまで怖い顔をしていたけど、なんだか一転して清々しさを感じるくらいのいつもの偉そうな勝ち気な顔の殿下に戻っていた。

「そっ、それも破邪グッズだったんですか⁉」

「マントに比べてコレでは搭載できる容量に限りがある！　ならば可能な限り装飾品として破邪の守りは身につけておくべきだろう！」

　殿下はフハハハハ！　と先ほどと同じような高笑いをした。

（なんか、ドキドキしてたけど……どっかいっちゃったな……）

　なんだか、本当の意味で安心したって感じがする。

　殿下はひとしきり高笑いを終えると、今度は切なげに目を伏せた。

「まさか、コレまで壊れるのは……想定外だったがな……」

　割れたサングラスのつるを手に持ちながら殿下はため息をついた。

「……もう破邪の守りは尽きた。……悪いが、少し離れていてくれ……」

「は、はい。殿下」

なんだか殿下がすごいしょんぼりしている。いつも胸を張っている殿下の背が丸まっているとは。青天(せいてん)の霹靂(へきれき)。さっきまであんなにカッコよかったのに。破邪グッズが殿下の精神安定剤(ざい)なんだろうか。

「あの！　殿下……」

私は背を向けた殿下のパーカーの裾を掴んだ。この一言だけはちゃんと言いたくて。

「殿下、すごいカッコよかったです。……ありがとうございました」

「……」

殿下は振り向かなくて、無言だったけど、なぜか転移魔法でジェラルドさんが呼び寄せられてきていた。

「オ、オレ、これから先こんなことばっかで呼び出されんの？　マジ？」

「二度目はない。二度目は……ないはずだ……、破邪の守りを全滅(ぜんめつ)させられるなんて失態は……！」

「夏の海ってこわ～い」

二人の軽妙(けいみょう)なやりとりを流し聞きしながら、私は意外といい思い出になったかな、と目を細めて夕日の海を振り返った。

「学園祭は外部の人間も多く訪れる。……いつも以上に気をつけろよ」

「は、はい〜……」

殿下のお言葉に私は頼りなく返事をした。

今週末は我が魔術学園きっての一大イベント『学園祭』だ。

普段は一般には開放されておらず生徒の保護者が来校するにも何重もの手続きと審査が必要になる我が校が、簡単な身体検査のみで誰でも入場できる唯一の日。

学園祭は生徒たちが普段の学習の成果を披露する数少ない機会だ。クラス単位の出し物や出店はもちろん、個人や小規模なグループ単位での企画が認められている。魔法を使った一芸に秀でている生徒にとってはこの学園祭はチャンスの場でもある。学園祭での出し物をきっかけに国内一の魔道サーカスの入団が決まった生徒や、アーティストとしてプロデビューすることになった生徒たちもいる。

……楽しみだけど、いまいち楽しみじゃないのは魅了魔法のせいだ。

私の魅了魔法、少しずつなんとかなってきているはずなんだけど……。殿下の破邪グッズは頻繁にパンパンしてるから実感持ちにくいんだよなあ。殿下の破邪グッズがパァンする＝私の魅了魔法は変わらず漏れ出ているということで。

(うーん、女の子相手には大分いいんだけどなあ？)

殿下にも言われた通り、いつも以上に気をつけていないと……。

私は気合いを入れて拳を固く握る。それを見た殿下はフッとキザに笑った。

季節は秋。雲はちぢれ、青空が高く見えていた。

そして迎えた学園祭当日。始まりの合図の鐘が鳴り、学園中を人の足音や楽しげな話し声が包み込んだ。人の波に少し遅れて教室から廊下に顔を出すとすぐに「クラウディアさん」と声をかけられた。

「あの……よかったら僕と一緒に学園祭見て回らない？」

メガネをかけた少し前髪の長い黒髪の男子生徒。同じ学年の男の子だ。

「あ、えっと……」

返事をしようと彼の顔を見上げたところで、ドドドドと慌ただしい足音が押し寄せる。

「クラウディア。そんなモサいメガネくんなんかよりオレと一緒に行かないか？」

「クラウディアさんは学園祭初めてだろう？　おれは二年生だから色々見所紹介してあげられるよ、どう？」

「僕、このあとコンサートをやるんだ！　最前列をとってあるから君に来てほしい――」

ああ、婚約者をお持ちの方まで押し寄せてきてる。いつものことながらヤバい。殿下に気をつけろよ、と言われたばかりなのに。

魅了魔法、というのは私の感情によって強さが左右されるのはもちろん、受け手の感情もおおいに作用するらしい。すなわち、浮かれ気味になりやすいこういう華やかな学園祭モードは危険なわけだ。

「――ちょっと、あなたたち！」

そこに、甲高い声がピシャリと投げかけられる。

金髪ロールを巻きに巻いたご令嬢、そのご令嬢の脇を固める水色のストレートヘアーの美しいご令嬢に、栗色の髪を見事に編み込んだ可愛らしいお顔のご令嬢。ご令嬢方が睨むのは私ではなくて、男子諸君だ。

私はああ、と思う。いつものアレで、この流れだときっとこのご令嬢たちもポンコツになっているはず。久々のご乱入だ。最近は女子生徒への魅了魔法の影響はかなり弱まっているはずだけど……。やっぱり、学園祭という高揚感がそうさせるのだろうか……。

「レディを取り囲むなんてどうかしていますよ。そこの貴方なんて、婚約者がいる身でしょう？　どうなってますの」

「クラウディアさん大丈夫？　上級生にも来られて、怖かったでしょう」

……え⁉　マトモだ⁉

思わずぎょっと目をむいてしまう。どうしよう、すごい真っ当に優しい。いや、どうしようってこともないんだけど。

ご令嬢方に至極真っ当なことを言われて私を取り囲んでいた男子生徒たちはたじろぐ。

そこに先生が「こんなところで何を揉めているんだ！」と間に入ってくれて、彼らをどこかに連れて行ってくれた。ぽつんと取り残された私は呆然としていた。

……先生もマトモだ⁉

「もう、こんな晴れの日に嫌な人たちね」

「クラウディアさん、もう大丈夫よ」

「はははははい、ありがとうございます」

私は動転するあまり口ごもりながらお礼を言う。金髪ロールのご令嬢が口元を扇子で隠しながら、そっと長いまつ毛の瞳を伏せた。

「……あのね、私たち……最近考えていて。今まではクラウディアさんがやたらと男子を誘惑していたのかと思っていたんですけれど、実はそうじゃないんじゃないか、って」

「えっ⁉」

私はめちゃくちゃ素っ頓狂な声を出す。

「よく見たら、クラウディアさん、いつもああやって男性に迫られている時……困っているなあ、って」

「そ、そ、そうですね……」

そうですよ、そうなんですよとしか言いようがない。

「ごめんなさい！」

ご令嬢がたは三人揃って私に頭を下げる。成金男爵令嬢の私に。

「そっ、そんな、頭を上げてくださいっ」

「私たち、ずっと誤解してきて……。あなたにひどいことを言ったこともありました」

「男子に囲まれているときも、女子生徒からやっかみを受けているときも見てみぬフリをしてきましたわ」

「……あら？　そういえば、前は私たちもクラウディアさんを追いかけていたような……？」

「あああ、それは、それはっ、大丈夫ですっ」

どうも魅了魔法の影響が強かったときのことは記憶が若干ぼんやりしてしまうようだった。その記憶は思い返さないでいい、と私は必死にご令嬢たちに手をぶんぶん振った。

「……よろしかったら今日の学園祭、わたくしたちと一緒に見て回りませんか？」

「えっ、い、いいんですか⁉」

「ええ。わたくし、クラウディアさんと……仲良くなりたいんです」

わあああああ～！

心の中だけで私は大絶叫する。嬉しさと気恥ずかしさで一気に顔が熱くなった。

（わ、わたっ、私とっ、仲良く⁉）

動揺した私はコクコク頷くだけで精一杯だったけど、みなさんは「よかった！」と淑女らしく両手を合わせてニコリとたおやかに微笑んでくれた。

（みっ、みみみ、魅了魔法、大丈夫かな⁉　さっきみたいに絡まれて、みなさんにご迷惑おかけしたりとか……）

無駄に落ち着きなく目線を行ったり来たりさせていると、廊下の向こう側からやってきた男子と目が合う。いつものパターンだと魅了魔法のせいでぐぐぐと私に吸い寄せられてくる……で、今回もニヤッと怪しく笑ってスッと近づいてきたけれど、水色ストレートヘアーの令嬢がギンッと睨むとどこかへそのまま去っていってしまった。

（お、お強い……！）

ご令嬢がまともに味方になるとこんなにも頼もしいのか、と私は慄く。

（だっ、だ、大丈夫……かもしれない……！）

私には彼女たちが神の御使い、天使か何かのように見えた。

……さっきの取り囲んできた男の人たちもそこまでしつこくなかったし、もしかして、私の魅了魔法って、前よりも……ちょっと……よくなってきている……？

では早速参りましょう、と先導してくれるみなさんにおとなしくついていく。そこで、私はふと廊下を振り向いたが、そこにはもう誰もいなかった。

（……大人しそうなメガネの人、一番初めに誘ってくれたのにな……）

なんとなく、なんとなくだけど。彼は魅了魔法にかかっていなかった——気がする。悪いことをしちゃったかな、とバツの悪い気持ちを抱えつつも、明るい笑顔で私を迎え入れてくれたご令嬢のみなさんに笑い返して私は学園祭を見て回ることにした。

「……そうだ、クラウディアさんは、クラスの係のお仕事は？」

「あっ、私は午後からの出番なので大丈夫です！」

個人で何か企画をする予定もないので、私はわりとこの学園祭、暇人だ。

「あら、なんの出し物？　わたくしのところは魔法を使ったショーをするのよ」

「わあ、楽しそうですね！　私のクラスはメイド・執事喫茶です！」

「まあ！　王道ですわね！」

魔術学園に通う生徒のほとんどは貴族だ。本来であれば彼らは仕えられる側である。だからこそ、学園祭ではとことん非日常を味わいたい——ということでメイド・執事喫茶は大の人気だった。学園全体で出し物のネタが被ると平等にくじ引きをおこなってどのクラスが人気のネタをやるのかを決めるのだが、毎年この喫茶をめぐる争いは一番盛んとなる。

今年は私のクラスがそれを勝ち取った。

ただ普通に給仕をするわけではなく、魔法を駆使してサーブしたり、部屋の照明を魔力で煌めかせたりと趣向を凝らしている。

「では、午前中はみなさん一緒にのんびり見て回れますわね」

「はっ、はい！」

こんなふうにお友達とのんびりと校舎を歩くことができる日が本当に来るだなんて。思わずこみ上がってきた涙をこっそり拭って私は笑みを浮かべた。

魔術学園は、学園生活の拠点となる学年ごとの教室と食堂や図書館といった施設が入ったメイン校舎である第一校舎と、魔術実験室などの実技系の授業をするための特別教室が主に設置されている第二校舎がある。私が殿下といつも一緒に頑張っているのは学園の奥まったところにある第二校舎の方だ。普段はあまり人が寄り付かない第二校舎も今日は賑やかなようだ。

中庭にも食べ物の屋台がたくさん出ていて、歩いているだけで食欲をそそる。

「食べ歩きだなんて……考えたこともありませんでしたわ」

「今日だけは無礼講だ、と屋台の出店と食べ歩きの許可を勝ち取ったいつぞやの生徒会長殿は平民出の方だったとか。その方には感謝しないといけませんね。おかげでわたしたちはこんなに学園祭を楽しめるんですもの」

「クラウディアさんもお父様は立派な商人ということですけれど……貴族の生まれでないとしてもお嬢様だったんですものね。食べ歩き、なんてことはされなかったかしら？」

「あっ、私は本当に成り上がりでしたから……。父も母も下町育ちなので、私も小さい頃はよく屋台の食べ物を買って公園とかで食べてましたよ」

「まあ！　楽しそう」

上品に口元を押さえながら微笑むみなさんからは平民出の私を蔑むような含みは感じない。純粋に私の生まれ育ちの話に興味を持って聞いてくださったんだろうと思う。

「クラウディアさん。屋台の食べ物だったら何がオススメかしら？」

こんなふうに聞いてくれたことがとても嬉しくて、私はつい張り切ってありとあらゆる屋台の食べ物をどんどん紹介していってしまった。

私のオススメをみんなで食べて楽しんで、さて、じゃあそろそろ校舎に戻って色々見てみようか——というところで。

（あっ）

ここで、見慣れた目立つ金髪頭が目に入った。殿下だ。お友達の男子生徒と一緒に学園祭を見て回っているようだ。

（お、怒られるかな……）

いつも以上に気をつけろ、って言われてたのに、お友達と一緒にウキウキしているところを見られたら。内心ヒヤヒヤしていたら、バチっと目が合う。殿下は一瞬目を丸くしたけれど、すぐにその目を柔らかく狭めた。

「……ああ。一緒に見て回っているのか？　よかったな」

あんまりにも優しい声と表情に私は呆気にとられる。

「なんだその顔」

ポカンとしている私に殿下は怪訝そうに眉をあげた。

「あ、ありがとうございます」

私はなぜか答えながら頰を熱くして俯いてしまった。

……よかったな、って言われた。なんというか、面映い、っていうんだろうか。胸がポカポカしてくる気がする。破邪グッズが爆ぜる音が小さく聞こえた。

「じゃあな」

軽く手を振り、殿下はご学友とどこかに去っていってしまった。

「……ねぇ、クラウディアさんってよく殿下とお話しされてますわよね？」

「えっ、え、そ、そうでしょうか」

ぼーっとしている私にご令嬢の一人が耳打ちする。不意な問いかけにドキッとして無駄につっかえながら返してしまう。

「殿下はいつも毅然とされていてかっこいいですよねえ。クラウディアさんが男子生徒に囲まれて困っているときもよく助けに入ってますわよね？」

「わたくしもソレ見たことありますわ！　わたくし、そういうのも見てて、クラウディアさんは本当は男子に一方的に迫られて困っているだけなんじゃ、って思ったんですよね」

うんうん、とご令嬢がたは頷き合う。

（……そうなんだ）

殿下って、そういう意味でも私のこと……助けてくれているんだなあ。ただ単に助けに来てくれるだけじゃなくて、その姿を周りに見せることで、こういうふうに思ってくれる人ができて……。

さっき、「よかったな」と言ってくれた時の優しい微笑みを思い返す。するとまた頬が熱くなってきてしまった。

（わ、私、頑張らなくちゃ。殿下のためにも……魅了魔法、もっとちゃんと、制御できるようになろう！）

改めて決意する。殿下に報いたいと、心から思った。

そして、いろんな展示を見て回り、午後の時間を迎える。みなさんと一緒に回る学園祭はとても楽しかったけれど、ここでお別れだ。

「また何かの機会があったらご一緒しましょうね」

「クラウディアさんのクラスの出し物、わたくしも休憩時間に見に行きますわね！　クラウディアさんもよろしかったらわたくしどものところにも来てくださいね」

「はい！　ありがとうございます！」

三人のご令嬢はみんないい人たちだった。社交辞令じゃなく、本当にまた何かでご一緒したいな……。

名残惜しさを感じつつ、私は自分の教室に向かう。準備スペース兼更衣室にしている空き教室に入って、衣装が入った箱を開けた。

すでに何人かは着替えを終えていて、互いに衣装を褒め合っていた。メイドさんの服、かわいいもんなあ。王都で人気の最新デザインのものをモデルに作った衣装はフリルが華やかでとても目が楽しい。この白と黒のコントラストが人を引き寄せるんだろうか。けして華美すぎないけれど、貞淑で清楚な雰囲気がありつつもかわいらしさのある……うん、いい。ついホワンホワンとした気持ちで女の子たちを眺めてしまう。

（ようし、私も頑張るぞ！）

ガバッと制服を脱ぎ、私はとっておきの『衣装』に袖を通した。

バッチリ着込んで、さあ人が行き交う廊下に繰り出す。ちゃんと看板も持ったし……頑張るぞ！

私の仕事はお客さんの呼び込み。とっておきのかわいい衣装で愛想を振りまきお客さんをたくさん呼ぶのだ！

張り切って私は「いらっしゃいませー」と声を張る。何人かは興味を持ってくれて「ふーん」と言いながらクラスの喫茶店に入ってくれる。

ああ、普段と違う衣装っていうだけなのになんだか楽しいなあ。ウキウキと声を弾ませて、私は呼び込みを続けた。

「その声……⁉　えっ、ク、クラウディア……さん⁉」

驚愕の声を上げたのは、薄紫の髪を豊かに巻いた艶やかなご令嬢、イレーナさんだ。いつか海で見た黒服の護衛さんもいる。最初はスーッと前を通り過ぎていきそうだったけど、私の声に気づいて振り向いてくれた。

「はい、クラウディアです！」

気づいてくれたのが嬉しくてはにかみながら答える。

「なっ、なななっ、なんて格好をしてますのっ！」

けれど、イレーナさんは顔を真っ赤にして肩を怒らせていた。

「犬の着ぐるみです！」

イレーナさんの問いに胸を張って答える。

私の衣装、それは大きな犬の着ぐるみだった。頭から身体まで全てすっぽり覆う着ぐるみ。これがなかなか快適で、魅了魔法もこの中に入っていると悪さをあまりしないらしい。

「わ、わんちゃんのきぐるみ」

「はいっ、かわいいですよね！」

えへへ、と頭のあたりをかいて笑う。ワン！　とポーズをとって犬の鳴き真似をするとイレーナさんは一歩後ずさった。仰け反った姿もお美しい。イレーナさんはきっと体幹がいいんだろう。

「――かっ、かわいい……。……っ、いえ、なんでもありませんわよ!?　オホホホ！　せいぜいその愛くるし……おっ、お間抜けな姿で愛想振りまいてがんばりなさいな！」

「あっ、イレーナさん！」

プルプルと震えながらイレーナさんはどこかへ走り去っていってしまった。黒服の護衛さんが慌てて追いかけて行っている。喫茶店、来てほしかったな……。でも、頑張れって言ってもらえたの嬉しかったな！

（イレーナさん、やっぱりいい人だよなあ）

私はますます上機嫌で呼び込みの仕事に励んだ。

続いて現れたのは赤髪の騎士。よく見知った顔、ジェラルドさんだ。

「……えっ!?　マジで？　クラウディアちゃん!?」

呼び止めると、振り返るや否や、即座にあははは！　と軽快な笑い声をあげた。

魔術学園は今日の学園祭のために、王立騎士団に警備の協力をお願いしているらしい。王立騎士団が最も信頼できる機関だからだ。なのでもしかしてとは思っていたけれど。

「ジェラルドさんも来てたんですね！」

「ん、まあね。オレ、王太子専属の護衛だけどその護衛対象の殿下も学園にいることだしさ。都合いいんだよねー」

ジェラルドさんは口角をニッと上げる。

「前に学園内で誘拐事件とかあってね……今日は学園の内外を行き来しようとすると転移魔法が遮断されるようになっているんだよ。だから現地にいられた方がよくってさあ」

「へえ」

学園で誘拐事件か……それはまたセンセーショナルな……。

あ、だから学園の中なのにイレーナさんの護衛さんも今日は一緒にいたのかな？　転移魔法は遮断されていても、他にも誘拐の手段はあるわけだし。外部の人間の出入りがある以上普段よりも危険の可能性は大きいから。本当にいつも警戒してるんだな。

「クラウディアちゃんの魅了魔法もそういう遮断？　できるといいのにね！」

「確かに！」

「まっ、根本的な解決にはならないし、遮断術の開発に何十年かかんだって話だからクラウディアちゃん自身が魔力制御できるようになるのとどっちが早いか、って感じだけど」

う……。なるほど。やっぱり楽にはいかないらしい。

転移魔法は使い手は限られるけれど、普及率は高く、かなり魔力の使用量が大きく派手な魔法である分、そういう対策が取りやすいんだとか。魅了魔法は禁忌扱いの魔法だからどういう系統の魔法であるかもあまり解明されていないし、発動の時に多くの魔力が使われるわけじゃないから遮断することが難しい……らしい。

私、学園卒業するまでに魔力制御完璧になれるんだろうか……。殿下が卒業したあとも放課後殿下に来てもらって魔力制御トレーニングしてもらってたらどうしよう。……それもちょっと楽しそうだけど。

（ううん！　さっき、殿下のためにもっと頑張ろうって思ったばかりじゃない！）

しっかりして！　と自分を戒めるために首をぶんぶん横に振る。

ジェラルドさんは私の脳内の葛藤には気づいていない様子で、私の着ぐるみの犬耳がぶるぶる揺れるのを指差して朗らかに笑っていた。

「いやしかし、その衣装最高じゃん。いい、いい。あ、そうだ。殿下連れてくるね！」

「ええっ？」

言うが早いか、ジェラルドさんはあっという間にどこかに消え去り、そして私がポカンとしている間に宣言通り殿下を引っ張って戻ってきた。

「ホラ！　殿下、クラウディアちゃん、メイド服なんか着てないから！　大丈夫だから！」

「なんだお前は！　いきなり……」

目を丸くしている殿下と目が合う。とはいえ、私は着ぐるみの被り物ごしにだけど……。

「……まさか……」

「は、はい！　クラウディアです！」

いつになくぽかんと口を開けて私を指差す殿下に、着ぐるみの肉球を見せつけるように高く手を上げて答える。

殿下はしばらくしげしげと私を眺めていたけれど、やがて、フと口角を上げた。

「……なるほど、全身を覆い隠せる着ぐるみを着ることで表に立つうえで発生するリスクを防いだか。賢（かしこ）いな」

「やった、褒められた！」

着ぐるみの中に入っているおかげで魅了魔法も普段よりワンクッションあるみたいで、どうやら男子生徒諸君と接触（せっしょく）してもおかしなことにはならないようだった。

着ぐるみ作戦を思いついた過去の私を褒めてやりたい。

「貴様は客引きだけなのか？」

「はい！　殿下とジェラルドさんもよかったら少し寄っていきませんか？　テイクアウト

もありますし、みんなメイドさんの格好かわいいですよ！」

「いや、俺はいい。……その格好を見て安心した。客引き、頑張れよ」

「あっはっは、殿下さあ絶対クラウディアちゃんのメイド服想像してここ来るの避けてたでしょ、のわりにはトラブル起きたらすぐに来られるように近くに潜んで……って、いてでで」

「お前はもう少し真面目に仕事しろ」

殿下はジェラルドさんの耳たぶを引っ張りながら凄んでいた。

「いって〜……。はいはい、お勤めしますよ！　じゃ、クラウディアちゃんも学園祭楽しみなよ。なんかあったら大声出してくれたら駆けつけるからさ！」

ジェラルドさんは軽い調子で言うと、巡回を再開した。殿下もいつものマントをジャラジャラさせてどこかへと消えていく。


着ぐるみのおかげか、外部から来たお客さんも学園の生徒たちも私の魅了魔法に惑わされている様子もなく、私たちのクラスの出し物は大盛況に終わった。

（うーん、着ぐるみ、毎日着てきちゃおうかな？）

こういうイベントごとでちゃんとクラスの一員として参加できたのは今日が初めてかもしれない。着ぐるみの頭を脱いで、火照った顔を手のひらで扇ぎながら私は達成感でいっぱいになっていた。

学園祭の最後はキャンプファイアーだ。校庭の中央に組まれた焚き木にごうごうと火が燃え盛っている。学園創立者の魔法によって灯された種火が今に至るまで途絶えることなく使われているらしい。そしてその火を囲んで生徒たちが学年などの垣根なく入り乱れて踊ることで永遠の友情を誓い合う……というおまじないになっているんだとか。

(でも、私は踊りに行かない方がいいよねえ)

芝生の上に体育座りで闇夜に躍る炎を眺める。パチパチと火の粉が弾ける音と、熱気で揺らぐ紺色の空、重なる人の影。それを見ているだけでなんとなく祭りが終わった、という風情が感じられた。頰を撫でる風の冷たさも心地よい。

華やかな場から離れたここで安らぎを覚え始めていた私の耳に、聞き慣れた金属がぶつかり合うジャラ、という音が聞こえた。殿下だ。

「おい、なにうずくまっているんだ」

「あ……。私は行かないほうがいいかな……って。魅了魔法のことも怖いし」

へへ、と笑う。殿下はなんだかムッツリと眉をつりあげていた。なんでそんな顔をしているんだろう。

「……来い」

「えっ⁉」

　ぐい、と殿下が私の手を引く。大きな手に連れられて、私は中央に設置された焚き火のすぐ近くまで来ていた。

「あっ、あのっ、殿下！」

「あんなところで座ってるやつがあるか。踊るぞ」

「ええっ⁉」

　殿下は強引だった。ズンズン私を引きずるように引っ張っていく。

「殿下っ、あの、私っ」

「適当に合わせろ。俺が回れと言ったら回れ」

「そんな横暴な！」

「うるさい。ちゃんとそれなりに見られるようにしてやる」

「ひ、ひえっ」

　とうとう炎のすぐそばまで到達すると、殿下の手が私の腰を強く抱いて引き寄せた。み、密着してる！　殿下が私の手と腰を放さないから、転ばないよう殿下の足捌きに必死についていく。お、踊ってる⁉　これ、踊れてる⁉

「ほら、ここで回れ」

「はっ、はいっ」

言われるがまま、為されるがまま私はクルンと回転する……というか、させられる。私は必死だけど、周りから聞こえてくる声的に、殿下が言ったとおり傍目にはそれなりに見えている……みたいだった。

「クラウディアさん、まるで秋の妖精みたいだ……」

「えっ、うそ……あの王太子殿下と踊っている⁉」

「いいなあ、私も殿下と踊りたい……」

周囲からのざわめきが聞こえる。けれど、私の目には殿下のきれいな青い瞳しか映っていなかった。殿下についていくのが精一杯で、殿下をただ見つめることしかできない。

一曲終わり、踊るためのテンポのいい音楽ではなくて、穏やかな旋律が流れ始めた。次のダンスのパートナーを見つけるための時間だ。

さんざん注目の的にはなったけれど、私のもとに誰かがワッと押し寄せてくる気配はない。なんだか呆気に取られてポカンとする。

（な、なんでだろう。踊ったのが殿下だったから……？）

今までならこれだけ目立ったら、いろんな人に押し寄せてこられていたのに。

「……ほら、たいしたことないだろう？　楽しんで踊ってこい」

殿下が私の背を押す。

「で、でも。……殿下も、気をつけろと仰ってたじゃないですか。こんなふうに手を繋いで踊ったりなんかしたら……」

殿下だったから大丈夫だったけど、一般男子生徒とかは、ダメかもしれない。魅了魔法がヤバい感じでかかるかもしれない。

「——俺の言い方が悪かったな。気をつけろとは言ったが、『学園祭を楽しむな』とは言っていない。……くれぐれも、魅了魔法の暴発にだけは気をつけて、楽しんでこい」

「殿下」

「もう半年もこの俺様が貴様の特訓に付き合っているんだ。自信を持て」

「……はい！」

不遜な言い方に反して優しい殿下の眼差しに、私は笑顔で返事をした。

私と殿下が離れると、わっ、と殿下の周りに女の子が押し寄せていくのが見えた。女子生徒は私の魅了魔法の影響がもうほとんどなくなってきているみたいだから、殿下はかつて私が入学したての時のように女の子に囲まれることが増えた。お嫁さん探しも捗るといいんだけど。

（うーん、でもああいう感じで押し寄せられると逆に難しいよね）

まるで我が身のように感じる。私もああいう感じで男の子たちに囲まれてもときめきにはほど遠かった。わかるわかる、とつい腕を組んで頷いてしまう。

私はたくさんの生徒たちの中から、ある一人を探す。誰かと……みんなと踊るんだったら、殿下の次にはこの人と踊りたいな、と思ったその人。

（さっき、一番初めに声をかけてくれたメガネの男の子……）

人の波の中、キョロキョロと辺りを見回す。メガネをかけている人は少ないからすぐ見つかりそうだけど、おとなしそうな人だったからか、なかなか見つからない。

もう他の人と踊ってしまっているかな、と思って諦めかけたその時、踊りの輪から離れたところで炎を眺めている彼を見つけた。私は駆け寄って、彼に声をかける。

「あ、あの、さっきはすみませんでした。よかったら、一緒に……踊りませんか？」

「——え!?　あ、あっ、あ、はい！　ぜ、ぜひっ」

男の子は目を丸くしていたけれど、ハッとすると前のめりに私の手を取った。ひえ、そんなに緊張されると私も緊張する！　わずかに震えている手を握って、踊る人たちの輪の中に入っていく。

「ぼ、僕、踊るのとかはあまり、得意じゃないと思うけど……」

「大丈夫！　私もです！　あの……楽しみましょう！」

「……うん！」

メガネの奥で彼はニコ、と笑ってくれた。

（よかった……この人に声をかけられて）

私は心底、そう思う。間違いない、彼は魅了魔法にはかかっていない。かかっていないけど、私に声をかけてくれて、今もこうして笑ってくれた。

（……私の魅了魔法、制御できるようになってきてるんだ）

彼と踊って、実感できた。胸にじんわりと達成感と、誇らしさと、嬉しさが湧きあがってくる。

ふと、殿下と目が合う。殿下はあれだけいろんな令嬢に誘われていたのに、踊りの輪には入らず、少し離れたところで腕を組んで私を見守っていた。殿下は私を送り出した時と同じとても優しい眼差しをしていた。

私の心臓がドクンと跳ねる。つい、目を逸らしてしまった。

（……殿下の、優しいお顔なんて、いっぱい見てきてるのに）

殿下は優しい。いつも私のことを優しく見ていてくれる。なのにどうして今日はこんなに殿下の眼差しが胸に刺さったまま消えてくれないんだろう。

踊りながら意識がぽやーっとしていくのを感じる。こういう時、大抵殿下からは「魅了魔法の制御が甘くなっている！」と指摘を受けるんだけど……。

今、目の前にいて手を繋いでいるダンスのパートナーには、多分だけど、魅了魔法の影響は強まってない、と思う。

私を見る目も、繋いだ手のひらにこめられた力も変わらず穏やかなものだ。私、ちゃんと、魅了魔法制御できるようになってきてる？

（私……。もっと、自信を持って、学園生活楽しんでいいのかな？）

なぜかじわ、と目頭が熱くなった。

彼と踊り終えたあとも私はいろんな人と踊った。今日一緒に学校を回ってくれたみなさんとか、イレーナさんとか、名前も知らない上級生の男子とも。

イレーナさんは「あっ、あなた何考えてますの⁉　殿下とのファーストダンスを奪っておきながらいけしゃあしゃあと今度はわたくしと踊りたいですって⁉　な、なにを……あなたとなんて踊るわけっ……ううっ、ほ、炎に照らされて赤く染まったほっぺがそんなに愛らしいなんて……ああ、目が少し潤んで……くううっ、しょ、しょうがないわね、今回だけよ！」とか言っていたけど、ダンスのエスコートは殿下並みにお上手だった。楽しかった。

殿下も三回目のダンスからは誰かと踊り始めたようだった。すれ違う時にチラッとしか見られなかったけど、私も一回くらいは殿下が踊っているところを少し離れたところでゆっくり眺めてたかったなあ、とちょっと思った。

（殿下、私のこと心配で二回目のときは見ててくれたのかな？）

そう思ったらまたなにかが胸をぎゅうと突き刺した。

学園祭が終わって数日。私はイレーナさんに呼び出されて中庭の東屋に来ていた。

実はここで待ち合わせをするのは密かに憧れていたのだ。夢を叶えてくれたイレーナさんに感謝の気持ちでいっぱいの私、だけれど、イレーナさんは綺麗なお顔の眉間にしわを寄せていた。

「あなた！　あの学園祭でのこと、どういうことですの⁉」

「えっ、着ぐるみですか？」

どうしたんだろう。あのかわいい着ぐるみ、イレーナさんの心に刺さっちゃったかな？

「違います！　ダ、ダンスタイムのことですっ」

「あ！　あの時は一緒に踊ってくださってありがとうございました！　私、どうしてもイレーナさんとは一緒に踊りたくて……」

「なんてかわいいことを仰るの⁉　……いえっ、そ、それじゃありませんわ！」

「イレーナさんのリード、すっごく踊りやすかったです！」

「そ……そう？　ふふっ。わ、わたくしのほうがだいぶあなたより背が高いですもの、わたくしもあなたのことはリードしやすく……ハッ⁉」

あ、イレーナさん、口で「ハッ」って言った。わりとイレーナさんもリアクションが派手だよなあ。殿下といい、高位貴族になるほどリアクション派手になるのかな。

「ああもうっ、単刀直入に言います！　あなた、殿下と踊るだなんてどういうこと⁉」

「えっ、殿下？」

「殿下のことに決まってるでしょう⁉　『なんでここで殿下が出てくるの？』って反応がまた嫌なやつですわね、あなたっ」

「嫌なやつ……」

「い、いいところもたくさんありますわ！」

しゅんとするとイレーナさんはすぐさまフォローしてくれた。やっぱり優しい人だな。

「前々からあなたと殿下が二人でいるところは度々目にしていました！　でも……あなたは殿下のなんなのですか？」

「え、えぇーと」

これ、前にも聞かれたなあ。夏の海水浴のときに。

「ハッキリ聞きますわ、あなた、殿下のお嫁候補の座を狙っていますの？」

「え、ええっ？」

イレーナさんのルビーのような紅い瞳が私を射る。

「あの、殿下が学園でお嫁さん探ししているのって有名な話なんですか……？」

「何をとぼけたことを！　この学園に通う令嬢であればみな知っていることですわ！」

そうなんだ……。私、殿下にあの日文句言われるまで知らなかったな……。……お友達、いなかったからかな。

「最近の殿下はあなたの面倒ばかり見ていて、本来の責務である妃にふさわしい令嬢を探すことが満足にできておられないようですわ。あなたが入学してくるまではいろんな令嬢との交流をされておりましたのに」

「い、いろんな令嬢との交流！」

「おっ、おばかっ。殿下がなさることですわよ！　不純なものではないですからね、文通とか、明るい時間に他にも人がいる場所で懇談を楽しんだりとか、そういうのですわっ」

かああ、とイレーナさんが顔を赤らめて叫ぶ。

「はっ、はい！　もちろんです！」

正直殿下だったら女の人を侍らせてふんぞり返って座って高笑いしてても似合うは似合うけど……。でも、殿下は実際にはかなり誠実ないい人だもんね、お妃候補を探しているんだからそんなヤンチャなチンピラの女漁りみたいなことはしてないよね……。

（なるほど……お嫁さん探しって具体的になにしてるんだろう？　って思ってたけど、案外そういう地道な交流をされてたのね……）

「……みんな、殿下に見初められたいと願い、励んできましたの。わたくしもそうでしたわ。それなのに、あなたが……。あなたが入学してきてから、いろんなことがおかしくなりました」

　おかしくなった、と言われるとその通りすぎてぐうの音も出ない。みんなおかしくなってた。うん、間違いない。魅了魔法のせいだ。

「イレーナさんも殿下にアピールしてきたんですね」

「ふ、ふんっ。勘違いしないで。アピール、だなんて……殿下を取り囲むようなはしたない真似はしてませんわよ！」

「あ、あの殿下のハーレムには参加してなかったんですね」

「言い方を考えなさい！　アレは勝手にみんなが殿下に群がっていただけですわ、まるで殿下が破廉恥みたいに言って！　片っ端から異性を誘惑しているあなたとは違います！」

（わ、私も自発的に誘惑しているわけではないんですが!?）

　イレーナさんは真っ赤になった頬を両手で押さえ、長いまつ毛に縁取られた瞳を伏せた。

「……ずっと、陰からそっと見守るだけでも幸せだったのですわ。もちろん、お嫁にと選んでいただけたら嬉しかったですけど……」

「イレーナさん……」

イレーナさんのいじらしさにじんと来る。でも、イレーナさんは殿下のお嫁候補の筆頭と噂されていたと聞く。

「わたくしは公爵家の娘です。王家とのつながりが元々深かったのですわ、この学園に入学する前から殿下とは交流がありました。……とはいえ、そんなことは殿下のお心にはさして関係のないことでしたが」

か細い声でイレーナさんは語る。

「自分のことです。存じておりますわ、わたくしが王太子殿下の婚約者候補の筆頭であると言われていたことくらい。……それだけ、殿下はこの学園内において特別な関係を思わせる女性という存在を持たなかったのです。誰も目ぼしい人がいないから、元々ご縁があって、王家とも釣り合う身分であるわたくしが筆頭なのだろうと言われるようになっただけ」

イレーナさんの横顔はどこか寂しそうに見えた。

「……婚約者候補筆頭、そんな噂話に意味がないということは本人であるわたくしが一番よくわかっておりましたわ」

なんとも言えず、私はイレーナさんの伏せた長いまつ毛を眺めた。

「でも、誰もいない、ということは誰にでもチャンスがあるということです。だから……わたくしも、諦めておりませんでした。今、殿下のお心に自分がいなくても、わたくしにも……この学園に通い続けている以上はチャンスがあるのだと」

　イレーナさんが頭をあげ、真正面から私の目を見つめた。意志の強い眼差しに思わずどきりとする。

「殿下があんなふうに気にかけるのはあなただけですわ」

「殿下は誰にでもお優しいと思いますが……」

　それもこれも、魅了魔法のせい。たまたま私が一番手がかかるやつ、っていうだけで……。でも、イレーナさんは首を横に振った。

「いいえ。他の人とは……違います。わたくしにはわかりますわ。殿下が……あんな目をされるなんて……」

　殿下の瞳。学園祭のダンスタイムの時のあの眼差しを思い出して私は反射的に頬が熱くなった。

（な、なんで？）

　そのことに、私自身が驚いてしまう。

　イレーナさんはふう、とため息をついたみたいだった。

「……もういいわ。あなたに聞いたわたくしがばかでした」

「イレーナさん」

「でも、あなたがそんなふうならわたくしにもまだチャンスはあるということですわね。

「……わたくし、諦めなくってよ」

イレーナさんは縦ロールの髪を払い、去っていった。

（……イレーナさん、殿下のこと、好きなんだ……）

そっと胸に手をあてる。ドクドクと早鐘を打つ心臓はしばらく経っても治らなかった。

健全な魂は健全な肉体に宿る。

——というわけで、今日は学園の身体測定及び健康診断の日だ。

全部で三学年ある我が魔術学園だが、今日はみんな揃ってゾロゾロ移動して会場ごとに身体測定や健康診断を受ける。

（あ、殿下だ）

女子生徒の身体測定をしていた体育館から移動するときに渡り廊下で一際目立つ派手な金髪とすれ違う。

大量のありとあらゆる測定や内診等を円滑に進めるために、今日はみんな制服ではなくて学園指定の地味な白シャツを着ていた。

一学年上の殿下もいつものジャラジャラしているマントをお召しになっていない。お顔が整っているだけでなく、身体の方も均整の取れた肉体を誇る長身であらせられる殿下は飾り気のないただのシャツ一枚でもキマっていた。

（格好いいなあ）

反射的にそう思うと同時に、イレーナさんの顔が脳裏に浮かんだ。……イレーナさんは殿下のこと、好き、なんだよな、と。ついそんなふうにボーッとしていたら、他の男子生徒に派手にぶつかって「気をつけろよ！」と怒鳴られる。

（……ど、怒鳴られてしまった……！）

怒鳴られて喜ぶのは世界広しといえど、私くらいのものだろう。努力の甲斐あって、ようやく私の魅了魔法の影響は男子生徒相手にもだいぶ！　薄く！　なってきていた。

いまだにメロメロ状態っぽい人もいるんだけど、なんでも、殿下いわく「元々お前のことが好みのタイプの男とかは影響が根強い」とのことで。

でも、しかし、やっとここまで来たのだ。私の魅了魔法が全方位に悪さしなくなるのはもう時間の問題、というところだろう。

学校の授業でも魔力のコントロールが上手くなってきたおかげで、前よりも使える魔法も、魔法を使ってできることも増えてきた。魅了魔法のおかげじゃなくて、ちゃんと私自身の力で成績も上がってきている。

男子生徒が無差別にメロメロになっていないから、ちょっとずつ……女の子の友達も増えてきている。とても嬉しい。

この間は初めて食堂で女子トークをしながらランチを食べた。今までは混乱を避けるためにできるだけ一人でコソコソとお弁当を食べていた。だから、すごく嬉しい。

「クラウディアさん、今日もニコニコしてらっしゃいますわね」

「本当。わたくしなんて憂鬱で……。一日でこんなにたくさん計測だなんだと煩わしく思ってしまいますが、クラウディアさんを見ていると見習わなくてはと思いますわ」

「えへへ、私、こういういろんな結果が数字で出てくるのが結構好きで」

検査と検査の合間、教室を移動する最中、学友と和やかにヤマもオチもない話をする。

……ああ、これこそ私が求めていた穏やかな学園生活……。

「あらっ⁉　クラウディアさん、涙が⁉」

「さ、さきほどの目の検査のせいかしら？　わたくしもあの瞬きせずに一点を見つめさせられたのは苦しかったですわ」

「あ、ありがとう。ごめんなさい、なんでもないの……。そう、ちょっと、目が乾いちゃったからかな、だから涙が……」

みなさん優しい。恋と婚約者が絡まなければこの学園に通うのはみんな心優しい淑女たちばかりだ。

まだ、私の魔力制御は完璧ではないけれど、私は少しずつ、平穏な学園生活を手に入れつつあった。

さて、次は魔力測定だ。

基本的に魔力の量というのは生まれつきで、努力して多少の増減はあっても、持って生まれた量から著しく増えることはまずないらしい。

だけど、まれに成長期の時期に爆発的に魔力の量が増える例があるため、念のために学園に通う生徒は毎年こうして魔力値の計測を行う。まあ、爆発的に増える……というよりも、ニュアンス的には元々それだけのポテンシャルを持ちながらも栓みたいなのがされているせいで発揮できなかった力が年月を経て栓が抜けてやっと魔力が解放される……って感じみたいだけど。

魔力測定をする教室に入り、検査の列に並ぶ。私の番になると、測定役の先生がフフフ、と口角を上げて私を迎えた。

「クラウディアさん。普段はあなた、膨大すぎる魔力を抑えて授業を受けているでしょ？今日は思いっきり魔力を放出していいからね」

「はっ、はい！」

「こんなこと大きな声じゃ言えないけれど……実は楽しみだったのよね。あなたの魔力値、どんな数値を叩き出すのかしら……！　さあ、思いっきりやってちょうだい！」

「わかりました！　先生！」

私も実はちょっと楽しみだ！　入学前の魔力測定のときは簡易的なものしか受けられなかったから、殿下にも無駄にすごい魔力量とは言われていたけど、あんまりピンと来ていなかった。でも、今日の魔力測定器は最新式のもので、なんと魔力の量が数値として明確に表せられるらしい。

一部では『魔力はそんなふうに数値で可視化できるものではない！』っていう声もあるそうだけど……。まあ、それはさておき。

ワクワクしながら私は測定器に右手を入れる。そして、手のひらから魔力を放出した。これで魔力値が測れるらしい。

測定器のメーターを先生と一緒に興奮気味に眺めていると、みるみるうちにメーターの針がギュンッと振り切れる。そして、ボンッ！　と音を立てて機械の内部で何かが破裂し、勢いよく黒い煙を吹き出し始めた。

「……!?」

「う、うわ———っ！」

教室中が真っ黒な煙に包まれる。慌てて私は測定器から手を引っ込めたけれど……なんか……『もう遅い！』という雰囲気が……ひしひしと……。

どこからともなく感じる悪寒。

顔がひきつる私の肩を、誰かの手がぬめっと叩いた。

「……クラウディアさん……♡」

さっきまで魔力測定楽しみですね♡とキャッキャし合っていた先生だ。目がとろんとしていて、頬も紅潮している。

「……ッ！」

――魔力量を計測するために放出した魔力。それが、黒い煙に乗って魅了魔法として発動した。

私は瞬時に察する。

私の魔力値は規格外の量らしい。測定器は測定可能範囲をオーバーした魔力を受け止められず、壊れてしまったんだ、と。

魅了魔法を制御できるようになってきた今だからこそわかる。今、私の魔力は学園中を覆っていた。

拝啓、お父様、お母様。元気でいますか。

私の学園生活。最近ちょっと調子がいいんだとこの間の手紙で書きましたね。

はい、そうなんですけど、うん、本当いい感じで、結構私、調子乗ってたんですけど。

今ちょっと、過去最大のピンチです。


「……ヒーッ!!」

阿鼻叫喚の魔力測定器が置かれた教室をなんとか命からがら脱出し、廊下に出たところで私を待ち構えていたのは大量の人、人、人。

「クラウディア！」

「クラウディアさんっ」

「クラウディア嬢――ッッッッ!!」

「ひ、ひ、ひ、ひ、ええーん!!」

私は泣きべそをかきながら廊下の窓に体当たりしてブチ割りながら外に逃げ出した。身体強化の魔力付与をしているからガラスを割ったダメージはない、三階だったけど、着地も成功。濃い人口密度から解放された私は外の清らかな空気をすうと吸ってさあ一息――とは、ならなかった。

ドドドドドドとどこからともなく人間たちが集まってくる。

人間たち、いや、敬愛すべき同級生や上級生、あと先生たちとかなんだけど、なんかもう、たくさんいすぎてよくわからない。雑なくくりをしてごめんなさいと思う間もなく、私は再び逃げ出した。

――逃げる？　どこに？

私の魔力を乗せた黒い霧は学園中を覆っていた。

とりあえず、私は手当たり次第に高いところに登った。

黒い霧によって私の魅了魔法にかかってしまった人たちは私の居場所が感知できるようで、隠れても隠れてもすぐに見つかってしまう。

ただ、こう言ってはなんだけど、あまりにも高濃度の魅了魔法を浴びているせいか思考能力は著しく低下しているようで、囲まれても逃げること自体はそれほど難しくはないことがわかった。

なので、身体強化の魔力付与をかけて高いところによじ登っては追いつかれたら飛び降りて、引きつけるだけ引きつけておいてまたよじ登って……を繰り返しているのが時間稼ぎには一番都合がよかった。

（……とにかくひたすら逃げているけど、実際捕まったら……私、どうなっちゃうのかな……？）

よくわからないけど、なんとなく、貞操の危機を感じる。いや、もしかしたらひたすら撫で繰り回されて愛玩されるだけとかかもしれないけど……。老若男女問わない大量の人の塊が自分めがけて全力前進してくるのは、他に喩えようがないほど恐ろしかった。

今までの状態、私が無意識に魅了魔法を展開していた……らしい時とはみんなの様子が全く違っていた。かつては私が近くにいたり、なんらかの接触がない限りは私に直接迫ったりはしてこなかったし、身を隠したら私を見失っていたはずだけれど、今、魅了魔法を受けたみんなはどこにいたって揃って私めがけて猛突進のまさに暴走状態という有り様だ。

いつぞやに訪れた国家神殿。会得しようとして叶わなかった魅了魔法。

もしも私がその時、ちゃんと魅了魔法を会得して、正しく扱えるようになっていれば、暴走状態のみんなも止められたかもしれないのに。

（……ダメ。みんな、私の魔法でこんなことになっているのよ。なんでこんな風に魅了魔法にかかっちゃっているのかはわからないけど、でも、これは私の魔力でこうなっているんだから。私が、私なら、なんとかできるはずなんだから）

どうすれば魅了魔法を制御できるのか、暴走したみんなを止められるのかはハッキリとはわからない。でも、私は、私が、私がやらなくちゃいけない。私のせいでこうなっているんだから、私になら、どうにかできる。どうにかできるなら、やらなくちゃ！

泣きべその鼻をズズッと啜って、私は高い建物の屋根からみんなを見下ろした。ゾロゾロと外壁をよじ登って迫り来る人たち。まずは、深呼吸だ。集中しよう。

（どうか、どうか、鎮まって……！）

私は魔力を練った。胸の前で両手を組みゆっくりと息を吐く。じわりじわりと胸の真ん中の炉に火が灯っていくような感覚が私の身体を満たしていく。黒い霧に乗って散らばった私の魔力のありかを一つ一つ探っていく。

まだ、時間はある。壁をよじ登る人がここに着くまであと、三十秒、二十秒……十、九……。ドクンドクンと鼓動が強まるごとに人の波が迫ってくる。ああ、もうすぐそこに。

私の心臓が一際高く脈打つと摑みかけていた魔力の芯のありかはわからなくなってしまい──。

（……ッ）

私よりもずっと大きな体が、もう目の前にまで迫っていた。

血走った目に怖気づいて無意識に後ずさる。伸びてきた手に息を呑んだ。

それとほとんど同時に、誰かが私の腕を摑んで、引き寄せた。

ドクンと胸が大きく鼓動を鳴らす。

「──おい!!」

「……殿下っ！」

腕を引いたその人を振り向く。意志の強そうな青い瞳が私を睨んでいた。ともすれば、萎縮してしまいそうな鋭い声。だけれど、私はその眼差しと、声を聞いた瞬間に張り詰めていたものが一瞬にして弛んでしまった。

引き寄せられた勢いそのままに殿下にしがみついた。殿下は私を抱き抱えたまま、迫り寄る群衆をひらりとかわす。

「よ、よかった、殿下……殿下に会えて……」

私は安心して、つい嘆息する。けど、それは一瞬だった。

今の殿下は白シャツ一枚、いつもの破邪グッズをジャラジャラさせたマントは身に着けてない。

「でっ、殿下！　殿下、今、破邪グッズが……」

いくら殿下でも破邪グッズがない状態で私の魔力を含んだ黒い霧を吸っていたら魅了魔法にかかってしまっているかもしれない。いや、殿下ほどの方なら霧を吸っただけでは大丈夫だったとしても、素の状態で私とこんなに密着していたら危ないかもしれない。

殿下とのトレーニングのおかげでだいぶ魔力制御に自信はついたけれど、今この状況下でいつもと同じように魔力制御をできている自信はない。きっと、緊急事態に焦る今の私は魅了魔法がダダ漏れ状態だと思う。

「……フン、貴様！　俺を侮るか！」

「ッ」

慌てて離れようとする私の身体を殿下はグッと強く引き寄せた。

殿下の大きな青い瞳には、情けない顔で目を見開く私の姿が映り込んでいた。

「貴様程度の魅了魔法などにこの俺が惑わされるものか！」

「……殿下……」

「俺の後ろに隠れていろ。俺が守っている間に、貴様はその魅了魔法を鎮めろ」

「は……はいっ、殿下！」

不遜な顔で私に活を入れてくれる殿下。まっすぐに私を見つめてくれた力強い眼差しから感じるのは彼自身の『自信』と、私への『信頼』だ。

殿下は私を抱き抱えたまま走り、みんなからある程度距離（きょり）を取ると私を地に下ろし、そして群衆に向け大きく手をかざして見せた。

パアッと眩（まばゆ）い光が放たれた。殿下が展開した結界魔法（シールド）だ。

その後ろで、私はもう一度深呼吸をして、集中し直した。さっき掴みかけて、逃（のが）してしまった私の散らばった魔力たちを探る。

殿下の背中って、こんなに……広くて大きいんだ。

こんな時なのに、そんなことに気づいてしまう。こんなにも頼もしいと思える背中もないだろう。

私の胸にはじわじわと熱が灯り出していた。

魅了魔法にかかっている人たちが術者である私の居場所がわかるように、私にも魅了魔法の魔力のありかがわかる。みんなの身体の中に入り込んでしまった私の魔力を全て吸い出して戻す。

きっと、暴走を止めるにはコレしかないと思う。私に魅了魔法を完全にコントロールする力があれば別の方法もあったかもしれないけど……。私には、自分の意思で魅了魔法にかかった人に命令を出すことはできない。命令することができたなら、こんなふうにみんなを暴走させてしまうこともなかったろう。

私は目を閉じた。さらに深くまで意識を集中させる。殿下がいてくれるなら、目を閉じていたって大丈夫に決まっている。

（……！）

学園中のみんなの身体の中の私の魔力を見つけ出す。そして、それを全て摑み上げて、吸い取る――！

『バカみたいなやり方で本当にやりきるか。筋金入りのバカものだな、貴様』

私がそんなバカみたいなことをやり遂げたその瞬間。そんなふうに言ってちょっと意地悪そうに、でもちょっと優しそうに笑う殿下の顔がなぜか脳裏に浮かんだ。

「……つ、つっかれたぁ……！」

私ははあ〜と大きくため息をつきながら校舎裏の大きな木の幹にもたれかかった。

「当たり前だろう。アレだけアホな規模の魔力を展開して、その上アホみたいに強引なやり口で散らばった魔力を無理やり全部かき集めたんだから、いくらアホでもへろへろになって当然だ」

「ううっ、バカ扱いじゃなくてアホ扱いだった……」

でも、個人的にはバカよりアホのがちょっと柔らかい感じ、するのよね。そうでもない？　どうでもいい？

今日の身体測定はなんとか予定通り終わった。都合がいいことに、みんな魅了魔法にかかっている時の記憶がきれいになくなっていた。私が悪さをしていた魔力を吸い取ったからかな？　みんな意識を取り戻すと「あれ？　どうしておれはここに？」という感じで学園全体がハテナマークに包まれていたのだった。

とりあえず流れに身を任せていれば一日が終わる測定の日でよかったなあ、という感じだった。みっちり実技授業があったら私は爆発していたかもしれない。

そして、なんとなくいつもの習慣で校舎裏に来たらいつも通り殿下も（ジャラジャラマント付きで）いらっしゃったから私は完全に気が抜けてバタンキュー、となったわけだ。

ひとしきりへろへろしてから私はのそっと身を起こし、殿下のいつだってキマっているご尊顔を見上げ、小首を傾げた。

「……殿下は、どうして平気だったんですか？」

「……フン。愚問だな」

破邪グッズがなかったのに殿下は無差別に学園中を覆った黒い霧も、無防備で私と超密着していても魅了魔法の影響を受けなかった。

殿下は私を鼻で笑うと、バサッと大きくマントを翻した。高々と舞い上がるマント、調子良くジャラジャラと音をかきたてる破邪グッズ。

「貴様の魔力量は認めるが、それでもこの俺の方が魔力の量も！　質も！　上である！さらにこの鋼の如き精神力、タフネス！　貴様の魅了魔法に支配される俺ではないわ!!」

「で、殿下……ッ！」

ドンと大きく胸を反らして誰よりも不敵に高笑いする殿下。夕日を背負い、逆光になっているせいでその姿には神々しさすらあった。

どうしよう、すごい……ドキドキしてきた。めちゃくちゃ不遜なのに……ッ。

なんかちょっと涙が出てきてしまった。

「殿下……かっこいい……っ」

「当たり前のことを何をしげしげと！」

パァンと破邪グッズのひとつが爆ぜる音が聞こえると、私はなんだか心底ホッとしてしまうのだった。

（あれ？　でもなんで海の時はあんなにぐったりしてたんだろ？）

破邪グッズが手元にないという状況は一緒だったのに。ふと、疑問に思ったけれど、「そういえばあの時って殿下溺れてたあとのことだったしなあ」と思い直して納得した。

5章 ✦ 魅了魔法を使う時

今日は学園がお休みの日。私は最近仲良くなった同級生と一緒に街に出かけることになった。

栗色の髪をおさげにしたミラさん。水色のストレートヘアーが美しいレナさん。二人ともとってもかわいらしいお友達だ。ミラさんは同じ平民出身ということから最近仲良くなって、レナさんは学園祭のときも一緒に回ってくれた御令嬢だ。

ミラさんは頑張り屋さんで笑顔がすごくかわいらしくていい子だし、レナさんは令嬢らしくいつもしゃんとしていて素敵な女の子だ。私のお友達はこの二人だけじゃない。魅了魔法の制御がうまくできるようになってきてから……どんどん増えてきていた。

身体測定の日はとんだドタバタだったけど、あの日を境に私の魔力制御の精度は大幅に向上した。殿下に言わせれば『アホな規模の魔力を展開させ、しかも無理やりそれを収束させた』経験が活きたのだろうとのこと。言い方はともかくとして、実際その通りだった。本当になんとなーくだけど、魅了魔法が発動しているときの魔力の感覚が……わかったような、わからないような……。ともかく！　何かちょっとコツを摑んだ私はもはや魅了魔法垂れ流し令嬢ではなくなった。

私が「休日に街に出かけたことがない」と言うと驚いた二人が「では今週末いっしょに出かけましょう！」と言って連れ出してくれたのだ。ケーキがおいしいカフェに連れて行ってくれるらしい！　とても嬉しい。

殿下と会うまでは学園の休日はずっと部屋にこもって過ごしていて……。殿下と一緒に魅了魔法の制御の訓練をするようになってからは、殿下にご用事がない限りは大体殿下といつもの場所で特訓をしていて……。

（……私、授業がある時以外は大体殿下と一緒にいる……？）

あれ？　と気がついてしまったが、まあ、それはさておき、今日の予定のことは殿下にも話して特別に週末レッスンを午前中だけ免除してもらった。殿下からは一日休みでもいいと言われたけど、お友達との初めてのおでかけ！　という大イベントに私の精神が耐え切れる自信がないので午前中で切り上げてもらうことにしたのだった。予定を立てただけでソワソワしっぱなしなのに、この浮かれっぷりが一日中続くだなんて終わったあとの反動がちょっと怖い。

ソワソワウキウキでウワー！　となって学園に帰ってきた私を殿下に鎮めてもらおうという作戦を、密かに立てていた。

殿下は、なんというか、私が他の生徒たちと仲良くできているのを見かけるとすごく優しい目を私に向けてくる。そしてなぜか私はその目を見るととても恥ずかしい気持ちになってしまう。あの優しい眼差しは一体なんなのだろう。

（……殿下、私のお母さんなのかな……？）

父と母もそんな目をしていたような……。手のかかる子がやっと独り立ちを始めたか、っていう心境なのかな。

うーんと首を捻る私の肩をレナさんが叩いた。

「——クラウディアさん？　どうかしまして？」

「あっ、い、いえ！　は、初めてのお出かけだから、なんだかポーッとしちゃって」

「ふふ、わりとここも大きな街ですものね」

朝、昼、夕の三回。この街と学園間を往復する馬車が運行される。私たちは朝の便に乗って来て、そしてお昼の戻りの馬車に乗って学園に帰る予定だ。

「まだ少しランチタイムには早いから、お店でお洋服やアクセサリーを見て回らない？」

ミラさんの提案に頷いて、私たちは早速街の大通りに向かった。王都にほど近いこの街は物流の拠点も兼ねていて、とても賑わっている。私が住んでいる港町とはまた違う雰囲気の華やかさだ。

「ひ、人が多くてはぐれちゃいそう」

「あらあらクラウディアさんったら。大丈夫ですわよ」

クス、と笑われてしまうおのぼりの私。ミラさんもレナさんも慣れていて、人の波の隙間を抜けてオススメのお店をどんどん紹介していってくれた。

「ミ、ミラさん、レナさん。ちょっと待って……うわっ⁉」

「きゃっ⁉」

慌てて二人の背を追いかけようとして、誰かにぶつかってしまった。慌てて私は姿勢を直して頭を下げる。

「すみません！　私……あれ？」

目の前にいたのは薄紫の髪をふんだんに縦ロールにした麗しいそのひとだった。

「……あら、あなたもいらっしゃってましたの。クラウディアさん」

「イレーナさん！」

「学園の中でも外でも抜けていらっしゃるのね、あなた」

学園の外でもイレーナさんに会えて嬉しい私は思わず破顔する。

イレーナさんは見るからに高そうなドレスを着ていた。カジュアルで動きやすい作りではあるものの、流行の形だし、レースひとつとっても非常に繊細な手仕事で作られたものとわかる。身につけているペリドットのイヤリングといった装飾品も一級品だろう。商家の私にはちょっとわかる。

イレーナさんはいつぞやに会った護衛の人を今日も連れていた。平和そうに見える街中だけど、それでも警戒は絶やせないんだろう。お休みの日のおでかけなのに大変だなあと思ってしまう。

「ごめんなさい。私、不注意で……大丈夫でしたか？」

「ふうん……成金というだけあって、それなりの格好はしているみたいですわね」

私の心配には答えず、イレーナさんは私の装いをチェックするほうに意識がいっているようだった。手に持った扇子で口元を隠しながら目を眇めたイレーナさんは「それなり」と評をくださった。

「ありがとうございます！　そうなんです、実家の母がそろそろ寒くなるからって新しい服を送ってくれて」

「まあ、お母様が。それはそれは……どうりでよくお似合いだと思いましたわ。あなたのことをよくわかっていらっしゃるお母様ですのね。今季の流行色の濃い緑のドレスがあなたの薄桃の愛らしい髪色にも映えて、ビビッドなオレンジのリボンも差し色として素晴らしいと思っていたんですの！　……って、い、いえ、フンっ、成り上がり令嬢といえど、か、格好はそれなりと！　言いたかっただけですわっ」

「イレーナさんに褒めてもらえて母も喜ぶと思います！」

「ううっ、えがおっ」

イレーナさんが立ちくらむ。だいぶ肌寒くなってきたけれど、今日は天気がいいからちよっと日差しがキツかったのかな？

「いいこと、せいぜいハメを外さないようにすることね。厳重な警備体制のある魔術学園とは違って街には危険がたくさんありますのよ。人の往来が多いこの街には治安の悪い地域もありますし、あなたみたいにほけほけしている女の子がぼーっと歩いていたらすぐ連れ去られてしまいますわよ」

「はい！　気をつけます。ご心配ありがとうございます、イレーナさん！」

「ああっ、すなおっ」

またもイレーナさんがのけぞり、足元をフラつかせた。

この間、イレーナさんの殿下への想いを知ってしまった私だけど、イレーナさんはその後もあまり変わらずいつものこんな感じで私に接してくれた。公爵令嬢という立場がそうさせるのか、彼女は本当に公平な人だと思う。

（……殿下も、こういう人がきっとお嫁さんにふさわしいんだろうな）

ふと、そんなふうに思ってしまう。

「くっ……ゆめゆめ気をつけて過ごすことね……！」

イレーナさんは最後の最後まで私を心配してくれる。本当にいい人だ。

イレーナさんの姿が見えなくなると、いつの間にか戻ってきてくれていたらしい友人たちがおずおずと声をかけてきた。

「……ク、クラウディアさん。イレーナさんによく絡まれているからちょっと心配していたんだけれど……お、お友達なの？」

「え？　うん、よく話しかけてくださって、面倒見のいい素敵な方よ」

「遠目から見てるとイレーナさんが高圧的に見えてたけど……そうでもないのかしら……？」

首を傾げるみなさん。私も同じように首を傾げる。

……何を心配されているんだろう……？　イレーナさんは魅了魔法が解けた二学期の期末試験の頃から今の今まで徹頭徹尾いい人なのに……？

イレーナさんの公爵令嬢オーラが周りにそう感じさせてしまうのだろうか。

（ん？）

ふと、赤茶色のタイルの床にキラリと何かが光っていることに気がつく。しゃがみこんで近づいてみると、どうやらペリドットのイヤリングのようだ。これは……イレーナさんのイヤリングだ。

「イレーナさん、イヤリング落としたみたい……」

まあ、とレナさんが上品に声を上げる。イレーナさんのイヤリングに使われている宝石はこぶりではあるけどその輝きの見事さから一級品で間違いない。

「私、これ届けに行ってくる。ええと、待ち合わせは……お昼の予定のカフェで！」

お目当てのカフェの場所は確認しているから、わかっている。そこを待ち合わせ場所にしておくのが人の多いこの街では確実だろう。私はイレーナさんを追いかけていった。

（ええと、たしかこっちに……。いた！）

イレーナさんは殿下並みに目立つご令嬢だ。人気の無い路地にいてはもうひと目見てすぐわかる。護衛の人と二人並んで立っていた。

「イレーナさん！　落とし物でーす！」

大きく手を振ってそばに駆け寄ろうとして、異変に気がつく。

「――なんなんですの……!?」

「イレーナさん……!?」

護衛の人に腕を掴まれているイレーナさんがいた。そして、二人を覆い囲むように白い光が放たれている。

（これ、この魔力の光って……）

転移魔法だ。尋常でない雰囲気にハッとして私はイレーナさんに駆け寄った。

「ど、どうかしたんですか!?」

「だめ、離れなさい！　……ちょっとあなた、ふざけているならやめるのは今のうちですわよ！」

「――クソっ、余計なのが……！　もう魔法は止められねえ！　恨むなら自分の不運を恨むんだな、嬢ちゃん！」

イレーナさんの護衛の男は唾を吐き捨てながらニヤリと笑って、そして、私とイレーナさんは彼の転移魔法によってどこかに転移させられてしまった。

……彼は、イレーナさんの護衛じゃなかったの？　動転する頭は、白い光に包まれると白んでいってしまった。

「……う……」

空間のうねりに巻き込まれたせいで、気持ちが悪い。少しだけ意識を失っていたらしい。瞬きを繰り返すと、真っ白な光に包まれた視界が徐々になんとか戻ってきた。ぼやけた視界に映るのは荒い息遣いをしながら蹲る黒服の男……イレーナさんの護衛、だった男だ。

「……クソっ、余計なのがいたせいで……！」

「おい、大丈夫か？」

「大丈夫じゃねえよ、肩貸せ、寝る」

明るい茶色の髪をガシガシとヒステリックにかきながら青褪めた顔の黒服の男は別のやせぎすの男にもたれかかりながら部屋を出ていった。転移魔法には膨大な魔力量を消費するから、そのせいだろう。

　部屋の中に残されたのは私と、柄の悪そうな二人の男と……イレーナさん。男たち二人は下品な笑いを浮かべて私たちを見下ろしていた。

「へへ、ベルクラフトのお嬢様。とうとう捕まえたぜ」

「ずいぶん長くかかったな。学園の中じゃ警備が厚いし、あのお嬢様を信頼させるのにてこずっちまった」

「はあ、まさかこんな女ひとり攫うのにわざわざお家の従者になって潜り込まなきゃいけないなんて、どんだけコストかかってんだか」

　酒かタバコ焼けだろうか、二人ともガラガラなハスキーな声だ。

「まあそう言うなよ。ベルクラフトの血統が持つ『癒し』の魔術……欲しがるやつは多い。高く売れるぜ。労力に見合う価値はある」

「で？　こっちの嬢ちゃんはどうすんです？」

「知らん。お友達かなんかだろ。見た目がいいから高く売れるだろ。連れ去るところを見られてんだ。売り飛ばしちまうしかねえな」

　ジロリと舐めるような視線を向けられて肌が粟立つ。男たちの目はそろって黄ばんだ目玉をしていた。

「……クラウディアさん……っ」

縄に縛られているイレーナさんが苦しげな声をあげる。私も同様に手足を拘束されていた。

イレーナさんはキッと男たちを睨みあげると、静かに攻撃魔法――炎の魔法を練り上げだした。けれど、それを察した男に素早く取り押さえられてしまう。イレーナさんの美しい薄紫の髪を男は乱暴に摑んで、床にイレーナさんを叩きつけた。

「イレーナさんっ！」

「おおっと、そうだ、アンタら魔法が使えるんだったなあ？　変なマネしようとしたら……」

「……！」

イレーナさんの細い首すじにナイフが当てられる。反射的に身を乗り出した私の首にもヒヤリとした感触がした。太い指の男がイレーナさんと同じように、私の首にナイフを突きつけていた。

「攻撃魔法ってのは発動に時間がかかるんだろ？　おかしなマネしようとしたら……わかってんな？」

「……くっ。あなたたち、わたくしの特殊魔法が目当てなのでしょう、それなのに……」

お目当てである自分の命を奪うようなことができるのか、とイレーナさんがカマをかける。しかし、男は首を横に振った。

「ああ、まあアンタの喉かっ切っちまったら金儲けはパァだな。でも、暴れて逃げられるよりゃマシだ」

男はガハハと下品に笑い声をあげる。

ここにはあの護衛のフリをしていた男の転移魔法で連れてこられた。魔法の使い手が仲間にいるのだ。攻撃魔法の発動に時間がかかることも彼らは把握しているんだろう。

「なあアニキ。転移魔法で連れてきたらすぐキャラバンに乗せる手はずになってたろ。キャラバンはまだこねえんすか？」

「はは、まあ焦ることはねえだろ。攫われたってことに気がつくのもどうせ学生どもが学園に帰る夕方とかになってからだ。それから転移魔法の魔力痕に気づいたところでもう遅えよ」

キャラバン、というのがきっと人身売買の業者の馬車のことなんだろう。

「キャラバンが来るまで暇だなあ。ちょっと『遊んで』いいっすか？」

下品な笑みを浮かべながら若い方の男が私とイレーナさんを指差す。

「顔や身体に傷を作るようなことはするなよ」

アニキと呼ばれていた中年の男がそう言うと、若い男はニタリと笑みを浮かべてこっちににじり寄ってきた。

「……来んな！」

クラウディアが時間通りに現れないのはいつものこと――だったのは、かつてのこと。魅了魔法をだいぶ制御できるようになった彼女は以前のように魅了魔法を受けた人間たちに取り囲まれてしまうなどのトラブルに巻き込まれることはもうない。

今日も、午前中はお友達と出かけるのだとご機嫌で出かけていった。どんな顔をして学園に戻ってくるものかと微笑ましい気持ちになっていたのだが。

きっと、真っ赤な顔をして慌ただしく走ってきて興奮気味に街での出来事を聞かせてくれるのだろうと、そんなクラウディアを見るのを楽しみにしていた。しかし、彼女は一向に姿を見せない。昼の馬車はとっくに学園に戻って来ている時間だ。

「……」

何か胸騒ぎがした。腰掛けていた切り株から立ち上がり、マントを翻す。静かな校舎裏に重々しくジャラ、と金属質な音が響いた。

街に向かう馬車は時間で運行が決まっている馬車の他に、少人数が乗れる特急馬車が学園には待機している。御者に行き先を伝え、クラウディアが出かけると言っていた学園から一番近い街へ向かう。

街についてほどなくして、すぐにクラウディアの友人たちと出会った。

「あっ……殿下」

彼女たちもすぐに自分に気がついたようだった。華やかに飾ったドレスや髪とは裏腹に顔は青褪めている。

「わたしたち、クラウディアさんとはぐれてしまって……」

「なんだと？」

告げられた言葉に思わず眉がつりあがった。顔面蒼白のまま、彼女たちは頷く。

「イレーナさんと偶然出会って、イレーナさんがイヤリングを落とされたんです。それで、クラウディアさんがイレーナさんを追いかけていったのですが、それから姿が見えなくなって……」

「どのあたりではぐれたんだ？」

「は、はい。その……大通りのところから、路地に入っていく道ですわ」

「今日行こうと話していたカフェで待ち合わせようと言っていたんです。でも、いつまで経っても来なくって……」

イレーナの名前に、嫌な予感がますます強くなった。

イレーナ・ベルクラフト。希少な特殊魔法を持つ家系の令嬢。特殊魔法の血統を狙う誘拐犯はあとを絶たない。彼女自身それは重々承知していて警戒はしているはずだが。今日だって護衛を連れてきているはずだ。

ただの杞憂ならばいい。二人とも少し抜けているところがあるから二人で話しているうちに夢中になって戻るのを忘れていたとか、そんなことなら笑い飛ばしてやったあと多少叱責すればいいだけのこと。

だが、そうでなければ。クラウディアの友人たちに手短に礼を言い、いなくなったという路地に駆けていく。

人通りの少ない路地だ。大通りからそう離れているわけでもない。ここで無理やり女二人を攫って行こうとしたならばそれなりに目立つだろう。注意深く辺りを探っていると、あるものを見つけて「ああ」と合点がいく。

（魔力痕……）

大規模な魔法を展開した痕が残されていた。そっと手を添え、魔力の解析を始める。予想通り、『転移魔法』を行使した痕跡だった。転移魔法ならば、発動までに少し時間はかかるものの発動してしまえば一瞬にして攫っていける。もしくは、なんらかの危機があって護衛が緊急的に発動させたのかもしれないが――その線は薄いだろうと踏んでいた。そんな事態が起きていたならば街はもう少し慌ただしくなっていたはず。誰も、クラウディアの友人らすらそのような騒ぎは耳にしていない。

（……ならば、イレーナの護衛。ソイツが一番怪しいな）

転移魔法は便利な魔法だが、大量の魔力を使うせいで魔力の残滓も残りやすい。

転移魔法の弱点は術者自身は当然把握しているだろう。魔力痕から居場所を追跡されるリスクを理解している犯人は、きっと転移先の場所から逃走する手段もあらかじめ手配しているはずだ。追跡は急いだ方がいい。

「……」

そう判断し、俺はマント下から魔道具を取り出すと魔力を注ぎ込んだ。

「――うわっと！」

魔道具から眩い光が放たれ、そして光の塊の中から赤髪の騎士が現れる。

ジェラルドはキョロキョロと周囲を見回し、少しきょとんとした表情で最後に俺の顔を見た。緊急時の呼び出しを受けたにもかかわらず、目に見える脅威がないからだろう。

「クラウディアがイレーナと一緒にいなくなったらしい。恐らく、イレーナが狙われてアイツは巻き込まれたんだろう」

それを聞くと、ジェラルドは一転して表情を引き締めた。

「……ああ。あの血統で引き継がれる特殊能力狙いですね。高く売れるらしいからなあ」

「高難度魔法である転移魔法が使える魔術師を従えてるような、公爵令嬢のイレーナを狙おうとするやつらだ。力を貸せ」

　おそらく、単独犯ではないだろうと踏んでいる。イレーナを連れ去った護衛として潜伏していた誘拐犯と、転移先には複数の悪党が待機しているはずだ。

「うーん、じゃ、応援もっといります？」

「迅速を尊ぶ。俺とお前で十分だろう？」

「うわ、責任重大だ……」

　ジェラルドが顔をしかめ、げえといった声をあげる。

「オレがヘマしたら王太子殿下と公爵令嬢と大商会の一人娘が揃っておじゃん……オレ、やらかしたら打ち首確定じゃん……」

「貴様、この俺がいて失敗するとでも？」

「いーえ！　思ってません！　ついていきますよ、喜んで！」

　赤髪を大きく揺らしながらジェラルドはぶんぶんと首を振った。

「派手に魔力痕が残っている。そう遠い場所ではないようだ」

　魔力の残滓を追いながら話す。

「ふうん、転移魔法ねえ。転移魔法が使えてなんでこんな悪どい金儲けしようとするかね……就職先いくらでもあるだろうに……」

「ああ、イレーナの誘拐が目的だったとはいえ、ベルクラフト家の護衛として雇用される便利さから需要が高いのに、魔法を扱う適性がある人物はかなり限られている。転移魔法はその同じ魔法の使い手としてジェラルドはげんなりとした表情を浮かべる。うーん、くらいだ」

と口を尖らせながらジェラルドは首を捻る。

「もしかしたら、あまり遠い場所には転移できないのかもしれませんね。って考えると、今頃は必死に転移魔法使ってへばってるかも。ソイツのことはあんまり脅威に考えなくてもいいかもですね」

転移魔法の適性自体はあったものの、魔力量に難があったのかもしれないとジェラルドは仮説を立てたようだ。転移魔法の魔力消費はかなり大きい。誘拐や緊急時の逃走のために短距離を一回だけ転移できればよくて、真っ当な働き口と比べて労力に対する給金の効率がいいこちらの仕事を選んだというところか。そして、そこで働くうちに能力を買われて闇社会イレーナ誘拐の実行犯として白羽の矢が立ったのだろう。

「多分、イレーナお嬢様狙いってことはクラウディアちゃんまで連れてっちゃったのは想定外でしょ。人が増えりゃ想定よりも魔力の消費も多くなるから」

ジェラルドはへら、と表情を緩めて笑みを浮かべた。

「他に魔法使えるやつもいない、ちょっと過激な輩程度ならまあ、なんとかなる……かな？」

「王立騎士団四十二期生入団試験首席になんとかできない輩が大量にいてたまるか」

「ハハッ、そっかな？」

ジェラルドは快活に笑う。飄々とした男だが、この俺の護衛に任命されていること自体がこの男の実力の証左だ。

「じゃあ、正面突破しましょうか！」

「ああ」

やはり転移先は現場からさほど遠くはない場所であるようだった。推察を繰り広げているうちに、誘拐犯が潜んでいるであろうアジトに辿り着いていた。街外れに建てられた使われなくなって久しい廃工場だ。

当然のことながら、入口には鍵がかかっている。なるべく物音が立たないよう、風魔法を使って、風の刃によって扉をくり抜き、内部に潜入した。

「なっ、なんだてめえら!?」

見張り役の男が銃を構える。ジェラルドは瞬時に銃を構えた手を蹴り上げ得物を取り上げると、素早く鳩尾に拳を入れた。赤髪の騎士は一連の動作を顔色ひとつ変えずに終えてから、「あ」と少し間抜けな声をあげる。

「女の子たちがどこにいるのか聞いてからのがよかったですかね？　オレ、こういう潜入任務ってしたことないから段取りがよくわかんなくて」

「構わんだろう。たいして広いアジトじゃない。それよりも大事なのはこういう見張り役の雑魚に逃げられて俺たちのことを報告され、捕まっているクラウディアたちが人質にとられないように行動することだ」

「なるほど確かに！　じゃあ、こうやって目についたやつらは逃さないようにして片っ端からおねんねさせてけばいいですね！」

アハハ！　と軽く笑ったジェラルドは、背を向けて駆け出した男の背に素早く火の球を放った。ジェラルドが護衛として優れているのは転移魔法の使い手であるからというだけではない。何より、この男は戦闘技術に長けていた。本来であれば危機を避けるべきである立場の自分が迷いなく悪党の根城に突入を決断できるほどに。

（……とにかく、早くアイツらを見つけ出さねば……！）

「……っ、やめなさい！」

イレーナさんの白い頰に男の手がかかる。イレーナさんが気丈に男を睨みあげていた。

「あ？　抵抗したらこっちのお嬢さんがどうなるか、わかってんな？」

ギリ、とイレーナさんが歯軋りする。私の喉には中年の男がナイフを突きつけていた。

(イレーナさん……!)

私が人質になっている。私が誘拐現場に乱入してしまったせいで、イレーナさんに迷惑をかけている。

(イレーナさんお一人だったら、切り抜けられた危機かもしれない……)

イレーナさんは学園でも殿下に次いで優秀な生徒だ。縄に縛られていても、攻撃魔法を展開することさえできればこんなやつら一瞬でやっつけられるだろう。もしかしたら私が人質にされていなかったら今頃は「服が汚れてしまいましたわ」と優雅に微笑んでこのアジトを爆破して颯爽と現場を離れていたかもしれない。そうに違いない。

そう思うと一気にズンと頭が重くなった。

私のせいで。……それなら、私が、なんとかできないだろうか。

(発動までの予備動作がバレない魔法……)

——魅了魔法。

私の頭にそれがふと過ぎった。

私の魅了魔法なら、この男たちを意のままに操って危機を脱することができるのではないか。

いまだに私は自分の魅了魔法について、無自覚だ。どうやって自分が魅了魔法を使ってしまっているのかわからない。わからないなりに、魔力の制御をしてなんとか抑えているのが現状だ。

魔力測定をしようとして測定器が壊れて私の魅了の魔力が学園中に溢れ出した時のことを思い出す。あの時の魔力の感覚……。

（……普段、私は無自覚に漏れ出る魅了魔法を抑えている。じゃあ、抑えていなかった時の感覚は？）

いまや、魅了魔法を制御できている状態の方が私の普通になっている。殿下から魔力制御の特訓を初めて受けたときのことを思い出す。あのとき殿下に会わなかったら、私は今頃どうなっていたんだろう。

（魔力の制御を、今だけやめる……）

殿下は初めて会ったその時から、優しい人だったなあとこんな時なのにふと胸がポカポカしてきてしまう。でも、なぜかそうするとワッと魔力が湧いてきた。あの時吸い取った魅了魔法と同じ感覚の魔力だ。

一度掴んだそれを逃さないうちに、無理やり吸収した暴走した魅了魔法の魔力の再現を試みる。そして、同時に魔力の制御もやめる。溢れる魔力を内側に留めることなく、だらだらと溢れかえらせる。

（これで、魅了魔法が使えているのかはわからないけど……）

感覚としては間違いない、今自分は魅了魔法を溢れさせている。今まで学園で魅了魔法の被害にあった人たちは私に夢中にはなっても、私の願い事を聞いてくれるわけではなかった。無自覚にダダ漏れさせていたときにはそうだったけど、今は自分の意思で魅了魔法を使おうとしている。かかった相手を意のままに操るという魅了魔法、うまくできるだろうか？

二重の意味で、私には葛藤があった。うまくいかないかもしれない。そして、禁忌魔法である魅了魔法を自分の意思で使ってしまうという罪。殿下がいままであんなに一生懸命付き添ってくれていたのに、私は禁忌魔法を禁忌と知りながら使おうとしている。本当にいいのか、と罪悪感が胸を刺した。

けれど、私は覚悟を決めた。

私の背後で喉にナイフを突きつけている男をそっと振り向く。――男の目は夢見心地という様子で蕩けていた。ごくりと、私は生唾を飲んだ。

「……私の言うこと、聞いてほしいの。いい？」

命令を口に出す。ぼんやりとした目の男はこくんと頷いた。

イレーナさんに覆いかぶさろうとしていた男もまた、ぽーっと私を見つめていた。心ここに在らず、という有り様だ。

「私たちの縄を解いて？」

男は握りしめていたナイフで器用に私たちの縄を切って解く。解放されて身軽になった私はイレーナさんの手をとり、男たちから距離を取った。そして、私はまた命令する。

「自分たちを縄で縛って、きつーくね！」

男たちは互いに互いを縛り合った。もう身動きがとれなくなった男たちを見てようやく私はふう、と息をついて脱力した。

よかった、魅了魔法は……うまくいったみたい。

「……クラウディアさん、まずはお礼をいいます」

戸惑いの色を隠そうとしながら眇めた目でイレーナさんは言った。

「でも、これは……」

イレーナさんの声が小さく震えていた。私はコクリと頷く。

「実は私、魅了魔法が使えるんです」

「……魅了魔法⁉　アレは禁忌魔法でしょう、どうなっていますの⁉」

信じられないとばかりにイレーナさんは声を荒げた。

「そうなんですけど……その、生まれつき、使えるみたいで……」

怪訝そうなイレーナさんは急にハッとなって厳しい目で私を見た。

「では、あなた、まさかその力で殿下をたぶらかして……」

眉間にしわを作るイレーナさんに私は慌てて手を振る。

「あ、違うんです。殿下は魅了魔法にはかからないんですよ！　破邪グッズジャラジャラさせてるから！」

「破邪グッズジャラジャラ？」

「私の魅了魔法がかかりそうになると破邪グッズがパァンってなるから殿下は大丈夫なんです」

「破邪グッズがパァン⁇」

「私の魅了魔法で迷惑被っているそうで、それで殿下は私が魅了魔法を制御できるように面倒を見てくれているんです。だから一緒にいることが増えていて……」

以前、どういう関係か聞かれて答えられなかったときのことを含めて回答すると、イレーナさんは難しい顔をしつつも頷いてくださった。

「……よくわかりませんが、納得はいたしましたわ……」

小さく呟きながら、うつむき気味のイレーナさんはかわいらしい顔をしていらっしゃった。明らかに戸惑い切った目つきといつになく垂れ下がった眉、レアな表情だ。

「そういうこと、だったのですね。だから、殿下はあなたのことを……特別気にかけていた、と。……禁忌魔法の魅了魔法を、あなたが使えるから……。そして、あなたが異常に他人から関心を集めていたのも……」

「そうなんです。使えるといっても、私には自覚がなくって……垂れ流しだったから、それで殿下が色々と面倒を見てくださってどうにかしてくれたんです」

私はへへ、とはにかみながら言葉を続けた。

「……実は、イレーナさんが一番初めに魅了魔法が解けた人なんです、多分。だから私、初めて……素の状態で向き合ってくれたことが嬉しくて、イレーナさんのことがすごい……大好きになっちゃって」

「なっ⁉」

「すみません。ちょっと私、変なやつだったと思うんですけど、そういうことだったんです」

私の告白にイレーナさんはポッと頬を染めて、そっぽを向いてしまう。

「そ、そうなんですの。フン、難儀なこと。あなた、ほんとに……言っていること変ですわよ。いじめてきた相手をだ、だいすき、だなんて……どういう人生送ってきましたの」

「えっ、私、いじめられてたんですか⁉」

ツンケンされてるなーとは思ってたけど、いじめだったの？　かな？　驚愕の一言に思わず目が丸くなる。どちらかといえば、世話を焼いていただいた記憶しかない。

「……あなたとまともに話していると頭がおかしくなりそうですわ……！」

額に手をやってイレーナさんはふらついた。誘拐、監禁なんてされたからお疲れが出て当然だろう。お労しい。

「……ありがとう、クラウディアさん。助かったのは……あなたのおかげよ。……いままで、キツくあたってきて、ごめんなさい」

「イレーナさん……！」

　そっぽを向いたままちらりと目線だけを向けてそう言ったイレーナさんの白い耳は真っ赤になっていた。思わず私の胸にも熱いものが込(こ)み上(あ)げてくる。

　とはいえ、この部屋にいた男たちはなんとかできたけど、ここにはきっとたくさんの人たちが潜んでいるはずだ。気を引き締めて、早く逃げ出さないと。そう思って部屋の出口を見つめていると、なんだか喧騒(けんそう)が聞こえてくるような……。

「あれ、なんだか向こうが騒々しくありません？」

「本当ですわね、物音が……」

　そしてバン、と大きな音を立てて荒々(あらあら)しく部屋の扉が開かれ、スキンヘッドの巨漢(きょかん)が私たち二人の姿を認めると唾を吐きながら大声をあげた。

「てめえら！　どうやって助けを呼びやがった！」

「えっ？」

「クソっ、てめえら人質にして……」

　巨体(きょたい)が眼前に迫(せま)ってくる――とそう思う間に、目の前の男は白目を剥いて倒(たお)れ込んでしまった。ジャラ、ジャラ、と耳に心地(ここち)よい、聞き慣れたその音が聞こえた。私は反射的に目を大きくして彼を見上げた。

「……殿下！」

「おい！　お前たち、大丈夫か！」

よく通るハリのある声が私たちを呼ぶ。少し遅れて、赤毛の騎士もやってきた。

「えっ、なんか終わってる雰囲気じゃん」

部屋に入るなり目を丸くしたジェラルドさんは縄で拘束されている男を指差す。

「何もされなかったか？」

「は、はい！」

「……ええ」

「そうか、無事でよかった」

殿下は私たちの返事を聞くと険しいお顔を和らげられた。その顔を見て、私もますます安堵感に満たされて身体から力が抜けていく。

私は殿下からわずかに目を逸らしながらつい先ほどのことを告白した。

「ごめんなさい、殿下。私、魅了魔法を使いました」

禁忌とされている魔法を意識的に行使した。これは……罪だ。

「……そうか」

「禁忌魔法なのに、申し訳ありません。あんなに殿下が魅了魔法がいかに危険な扱いとされているのかご説明くださっていたのに。裁きがあるなら受けます」

殿下に向かって頭を下げる。

「……殿下！　彼女はわたくしを救うために」

「ああ、わかっている」

イレーナさんの言葉を最後まで聞かずに殿下は深く頷いた。

「無事なら構わん。……そもそも貴様が魅了魔法を垂れ流しているのなんか今更だろう」

「垂れ流しは……そうですけど、でも今回は……自分の意思で使おうとして使いました」

殿下は整った眉を歪めた。眇めた瞳で私を見下ろす。

「意外と頭が固いな。例えば、火の魔法で人を傷つけてもそれは罪だろう」

「は、はい」

「だが、正当防衛が認められればその限りではない。自分、あるいは他者が害されようとしているのに対抗するために使われたのであれば、それは罪とはならない。それをいうなら、俺とジェラルドもここまで乗り込んでくるのに魔法をいくらでも使ったぞ」

「……つまり」

ふ、と殿下は口元を緩めた。力強い眼差しが私をまっすぐに見つめる。

「貴様は魅了魔法を使ってイレーナと、貴様自身のことも救ったんだろう。正しいことに使われた力を罰する法はこの国には存在しない」

「……殿下」

その眼差しの力強さに思わずじわ、と涙（なみだ）が滲（にじ）んでいた。なんでだろう。堪（たま）らなくなって俯（うつむ）いた。

「なんだ、その顔は。ええい、泣くな！」

情けない私の表情に殿下は発破をかける。

「だ、だって……」

「堂々としてろ。貴様は良（い）いことをしたのだから」

恐る恐る殿下を見上げると、殿下はとても優しい笑みで私を見ていた。

「そうですわ、あなたのおかげでわたくしは悪漢に乱暴されることはなかったのです」

そっとイレーナさんが私の肩に手を添える。

「で、でも、イレーナさんだったら、私みたいな人質がいなかったら、お一人でもなんとかできていたかもしれないのに……私が、首突っ込んだせいで、邪魔（じゃま）して……」

「そんなことはありません。こうして無事でいられたのはあなたのおかげです」

「……イレーナさん……」

「おかしな人。わたくしのせいで巻き込まれたのに、どうしてわたくしでなくて自分のことを責めますの？　あなたには、感謝の気持ちしかありませんわ」

イレーナさんが私の手をとる。すると温かな光が湧き上がった。光に包まれた私の手首から、赤く残っていた縄の痕がきれいになくなってしまっていた。

（これが、イレーナさんの『癒し』の力……）

しげしげと手首を眺める私に、イレーナさんは微笑む。

「……ありがとう、クラウディアさん。わたくしを助けてくれて」

そしてイレーナさんは優しく両手を広げ、私を抱きしめてくれた。その温もりにたまらなくなって、イレーナさんの豊満な胸に顔を埋めて私は泣きじゃくった。私の髪をゆっくりと撫でるイレーナさんはきっと聖母像のような顔をしていたことだろう。

「……殿下ー。オレたち、ここにいないほうがいいんじゃないですかね？　こう、空気がー、っていうか、目に毒というか……」

「う、うむ……いや……おいっ、ここは安全な場所ではない！　感動のなんとやらはあとにしろ。二人ともさっさとここを出るぞ。あとの始末は国家警察に任せる」

二人の世界に浸っていた私たちに殿下の檄が飛ぶ。振り返ると気まずそうな顔をしたジェラルドさんと目が合った。少し慌てて私とイレーナさんはさっさと部屋を出て行こうとする殿下の背を追った。

「はいはい。じゃあ、まあ、オレは一足先に報告に走りますね」

苦笑しているジェラルドさんはそう言って転移魔法で飛んでいった。つくづく、転移魔法は便利だなあと思わされる。あの誘拐犯だって、転移魔法なんてすごい魔法が使えるのにどうしてこんな悪党の仕事についてしまったんだろう。

（魔法も使い方次第、か……）

じっと自分の手を見た。初めて意識的に使った魅了魔法。それを使ったからといって、私自身には特に変化はない。まあ元々無意識に使っていたんだから、という話かもしれないけど。

（……殿下に、『正しいことに使った』って言ってもらえて嬉しかったな）

ただ、誇らしい気持ちを抱えながら、私は誘拐犯のアジトをあとにしたのだった。

「うーん、ダメだ～！」

イレーナさん誘拐騒動のあと、もう一度自分の意思で魅了魔法を発動させてみようと何度も試してみたけれど、一回も成功しなかった。ゴロンと校舎裏の草むらに五体投地する。

「貴様はアレだな、火事場のなんとやらタイプなんだな」

例の身体測定の日の魅了魔法まき散らし事件のときといい、我ながらそう思う。ぐうの音も出ずに殿下を半目で見ていると、殿下はくつくつと喉を鳴らして笑っていた。

「なんとなく、魅了魔法が発動しているぞって時の魔力の感覚は摑んだ……と思っていたんですけど」

「ほう？」

殿下が興味ありげに青いつり目をやや見開く。

「こう、胸の辺りがポカポカしてくるというか……あっ」

私はバッと起き上がる。これだ、とピンときて破顔して答える。

「殿下のことを考えてたりとか、あっ、えーと……うん。殿下のこと考えてる時になる感じと似ている……感じです！」

本当は殿下が優しい目で私のことを見てくれている時になる感覚が一番近いんだけど、さすがにそれは言うのが恥ずかしくて誤魔化す。拙すぎる私の表現に呆れているのか殿下は眉間に深いしわを作って、口元を押さえながら鋭い目つきで私を睨んでいた。しかもなぜか、破邪グッズがパァンと弾けていた。

「す、すみません、すさまじく胡乱で……」

「……お前な……」

絞り出したというような声は表情の険しさに反して意外にも弱々……しい？　あれ？と思うけど、殿下の言葉は続かなかった。

「……み、魅了魔法の制御自体はさらに上手にできるようになったかなーと思うんですけど……」

火事場のなんとやらが続いたおかげで、不幸中の幸いというか、今の私はいたって普通の一般女子生徒的な生活を送れるようになっている。男の子とも普通に話せるし、女の子とも楽しく遊べるし、先生にもちゃんと叱られる。

「でも、殿下の破邪グッズが弾ける、ということは私、魅了魔法まだ出ちゃってるんですよね？　みんなにはもう、ほとんど影響なさそうなのに……」

「……」

殿下がまた険しい顔になった。

これだけ特訓してきて、ドタバタの経験も積んできたのに、なぜか殿下の破邪グッズだけは私の魅了魔法を察知してパンパン弾けるのだ。勝手に弾けることはないはずだから、間違いなく私はまだ魅了魔法を漏れさせているということになる。きっと殿下は呆れているんだろう。

「……やっぱり私、まだまだ鍛錬が足りないんですね……！」

「お前……」

「ご迷惑かけるのが続いちゃいますけど、私、頑張ります！　殿下の破邪グッズをこれ以上爆散させないように！　これからもよろしくお願いします！」

「……」

「殿下？」

殿下は頭を抱えてしまった。きれいな金の髪をグシャ、とやって大きなため息をつく。

いつだって尊大かつ優雅（派手だけど）な殿下にしては珍しい仕草だ。

「なんで貴様はそう無自覚なんだ……」

「えっ、い、今はもう自覚してますよ」

殿下は目をまんまるにして珍しく口をポカンとして私を見た。破邪グッズがパン、と少し控えめに弾けた。

「は？」

「え？」

二人できょとんとしあう。

「……み、魅了魔法、まだ……ちょっと漏れてるみたいですけど、でも、じ、自覚はして、制御……頑張ってますよ」

「……」

殿下はもう一度眉を不機嫌につりあげたかと思うと、今度は声をあげて大笑いし始めた。

「なっ、なんで笑うんですか⁉」

「笑うしかないだろう。とんだお子さまめ」

「な、なんで……？」

ひとしきり笑ってから殿下はまたため息をつくのだけれど、私にはなぜかわからず首を傾げ続けるしかないのだった。

6章 ✦ 魅了魔法と告白

「……クラウディアさん！　好きです！　付き合ってください！」

「…………」

薄暗い校舎裏。いつも行く第二校舎裏ではなくて、煉瓦造りの第一校舎のその裏。

放課後の時間帯はいつもこの校舎裏は日が陰っている。

目の前には、深く頭を下げて私に手を差し伸べてくる同級生の男の子。少し長めの黒い前髪は垂れ下がり、メガネのツルがかかった耳が赤く染まっている。

少し逡巡し、私は口を開いた。


もう季節は冬を迎えようとしていた。

西日が差し込んでくる第二校舎裏。学園の敷地で一番奥まったところだから、わざわざここに来る生徒はほとんどいない。私と殿下が二人でいくらわちゃわちゃしていてもまず見つからないいつもの場所だ。

「……男子生徒に告白されたぁ？」

そんな静かな校舎裏に微妙に裏返った声を響かせた殿下は片眉を歪めながら私に問い返す。

こくんと頷いてみせると、殿下はますます眉間のしわを深くさせた。

「……それで、どうしたんだ？」

「ええと、お断りしてしまいました」

そうか、と短く返す殿下の表情は険しいままだ。

「……そいつは、魅了魔法の影響なしで貴様に告白したんだろう」

「──た、多分、はい」

「よかったな」

この学園で私の魅了魔法の影響を受けている人は、おそらくもういない。

……だから、そう、昨日告白してきた彼も、魅了魔法のせいじゃなくて、きっと彼自身の心のままに私を好きになって、告白してくれたんだと思う。学園祭以来、よく話すようになっていた男の子だった。

「わ、私、正直に言うと……よく、わからなくて……」

けれど、私は告白された瞬間、頭の中が真っ白になってしまった。

「……」

「告白してもらえて、嬉しかったんです。でも、その嬉しいって、彼に告白されたから……というよりも、魅了魔法の影響なしに言ってもらえたってことが嬉しかったからで、彼を好きかどうかっていうと、そうじゃないな……って思って……」

「貴様、俺相手に恋バナする気か」

「え、ええっ、いえ、あのー……」

ジロリと青い目が私を睨む。

殿下相手だからつい気が緩んでいたけれど、冷静に考えれば殿下はこの国の王太子だ。そんなお人を相手に人差し指をもじもじと突き合わせながら「でもでもだって」と言うのは確かに、ちょっと、アレだ。不敬だ。

「……すみません」

「ふん、しょうがないやつだな」

素直に頭を下げると、殿下はハアとため息をつきながら、そっぽを向いた。殿下の動きに合わせマントが揺れると、ジャラリとその下の破邪グッズが音を立てた。

「断ったんだろう。それ以上気に病むことがあるのか」

「……そう……なんですけどね」

「……気になるなら、今からでも遅くはないだろう。会いに行って、お友達から～とか言えばいい」

殿下の提案に慌てて手を振る。

「いっ、いえ、そんなっ」

「自由恋愛の連中はみんなそんなもんだぞ。お試しのお付き合いなんて珍しくもない」

そうなのかなあ。この学園のほとんどの生徒は婚約者がいる人たちばかりだし、同年代のお友達とお話をするようになって日が浅い私には、ちょっとピンと来ない。

「殿下も、そうなんですか？」

「………」

「そういえば、殿下。お嫁さん探しは捗ってるんですか？　私の魅了魔法の影響も、今はもうほぼないですし」

「ぼちぼちだ」

（……あんまり捗ってないのかな？）

嫁探し、調子が良くても悪くても「フハハハハ！」と笑っていそうな殿下なのに、予想外に味気ない返事をされて私は小首を傾げた。

私の魅了魔法の影響はもうないんだから、円滑にお嫁さん探しもできそうだけど……。

「その、好きとか……そういうのって、難しいですね。私……魅了魔法を垂れ流していたときは毎日のように迫られてましたけど……人に好きになってもらうのも、人を好きになるのも……私、まだよくわからないんです」

「……そうか」

殿下の返事はやっぱり素っ気ない感じだけど……細めた瞳には少し優しさが滲んでいるように見えた。ううん、殿下には私ってすごく子どもっぽく見えているんだろうか。実際、殿下の方がひとつ年上ではあるけれど。

（……殿下って、やっぱり……優しい、よね）

お顔を眺めながら、改めてそう思う。こうして殿下とほぼ毎日お会いしてわーわー言いながら特訓するようになるまでは、私の殿下への印象はとにかく不遜で態度がデカくて派手なタイプの美形イケメンで金髪で背が高くてなんかいつもマント羽織ってて偉そうというイメージしかなかった。あと、成績優秀だから頭もいいんだろうなー、くらい。

でも、今はそういう見た目の印象を抜きにしても……殿下はカッコいい人だな、と思う。態度だって、いつだって自分に誇りがあるからこそのあの不遜な態度なわけで。自信を持って胸を張っている人は、カッコいい。

――なんて、しみじみと殿下はカッコいいなあ優しいなあ素敵だなあと思いを馳せていると、そんな穏やかな気持ちを吹き飛ばすような勢いでパパパパパパパパパァン！　ボォン！　と殿下のマントの下で例の破邪グッズが突如爆発しだした。

「でででででで殿下!?　ものすごい勢いで破邪グッズが爆ぜていくんですが!?」

「くっ……気にするな」

殿下は慌てた様子でマントをばふばふと直す。

「い、いやいやいや……？」

気にするな……という爆散っぷりではなかったのですが……。

今までで一番くらいの勢いの弾けっぷりだった。

「……」

殿下はなぜかお顔が真っ赤になっていた。その表情は怒っているようにも見えたけど……怖くはなかった。

諦め悪く私が殿下をじっと見つめていると、殿下は何度も咳払いをして、ようやく重々しく口を開いた。

「——……その、だな。貴様。お、お、俺のことがすきだろう」

「へっ」

予想だにしていなかった言葉に、私は目をまんまるにする。

——殿下のことが好き？

私が？　貴様って、私……が？

はあと殿下は深い深いため息をついた。そしてバッと顔をあげると、ビシリと人差し指を私に突きつけた。

「ちっっとも制御できておらんのだ！　周囲を全て自分の意のままにしてきた貴様の力！　今はその力の全力を以て、貴様は俺を……オトそうとしている！」

　きょとんとしている間もなく、次の瞬間にはなんかもう、いままで我慢してきたものを弾けさせるというような勢いで殿下は捲し立てるように早口で叫んでいた。真っ赤なお顔で。それと呼応するように破邪グッズもパパパァンと弾けていた。

「えええええ!?」

　突然のことに私の頭はついていけてない。

「なんで俺が！　この俺が！　指摘しなければならんのだ！　気づけ！」

「そ、そう言われましても！」

「イレーナの一件で初めて自分の意思で魅了魔法を使ってからよりいっそう格段に俺だけを狙って魔法を放つ精度が上がってるのだ！　……気づけ！」

「え、ええ？」

　……確かに、あの一件以来……魅了魔法が悪さすることはなくなった。けど、殿下にだけは変わらず魅了魔法が発動していてたびたび破邪グッズを爆散させるから不思議だなとは、思っていたけど……。

（で、殿下にだけ……狙って、魅了魔法を発動させている……？）

　しばし激昂したせいで赤い顔でハアハアと大きく肩を上下させている殿下と見つめ合う。

私はまだ混乱が続いていて、何も言えず、立ち尽くしていた。

その間に殿下は幾分か落ち着いたようで、はあと大きなため息をつくと、突きつけていた指先を下ろした。

そして、ぽつりと小さく呟く。

「……このままでは貴様のそばにはいられない。魅了魔法の制御訓練は……しばし休みにしよう」

「殿下……」

「もしも、他に好きなやつができたのなら言え。その時はまた面倒見てやる」

くるりと殿下は私に背を向ける。

「……ごめんなさい。でも……さびしいです」

「…………」

思わず口をついて出てしまった一言。

ひどく甘えた言葉に我ながら頭が痛くなるが、殿下はピタリと足を止めた。

そして、殿下は踵を返すと私に一歩、また一歩と近づいてきた。

手を伸ばせば届く距離にまで殿下がやってくると、またひとつ殿下の破邪グッズがパァンと爆ぜた。

「殿下……」

殿下のお顔はいつだって整っているけれど、今の殿下のお顔は……本当に心を奪われそうになる程真剣な面持ちをされていた。

「俺のそばにいたいと……いや、俺にそばにいて欲しいと願うか。それならば、努力しろ。今以上に」

「殿下……」

殿下のいつになく優しい、低い声が耳に響いていた。

「お前は本当によくやった。無制御に全てを対象とした魅了魔法はもう展開されていない。今はただ、好きな人に向けてのみ発動している。……これを制御できるようにさえなれれば、お前が魅了魔法を垂れ流すということはもうあり得なくなるだろう」

「……」

私はぎゅ、と胸の前で手を固く握り締めた。

「殿下、ありがとうございます……。私が、自分の魅了魔法を自覚して、今のように魔力を制御できるようになったのは全て、殿下のおかげです」

殿下は態度こそ不遜で、尊大で、常に大いなる上から目線だけど、いつだって私に真摯に向き合ってくれた。殿下がいなかったら、私は一生、無自覚のまま撒き散らしている魅了魔法のおかげで自分に都合のいいように生きてしまっていたことだろう。その中で、私のせいで不幸になる人や、望まない諍いがきっと生まれてしまっていたはずだ。

私が今、楽しく学園生活を送れているのは、殿下がずっと私のことをそばで見ていてくれたから。

「私、私も……ちゃんと、殿下と、まっすぐ向き合えるようになりたいです！　だから、私、そうなれるように頑張ります。そうしたら、また……殿下と、お話ししたいです」

「……ああ」

ふ、と殿下は口元を和らげた。

その表情には殿下の優しさが満ち溢れていた。

（あ、）

胸の中からなにかがこぼれ落ちていきそうになった、とその瞬間。

殿下のマントの下の破邪グッズが一際高い音を立てて爆散した。


（…………）

さて、殿下から突きつけられた衝撃の発言から早三日。

私はあれ以来ずっとソワソワしきりだった。

殿下は今のままでは私のそばにはいられないと言って、毎日の第二校舎裏でのトレーニングは突如終わりを迎えた。

殿下はああ言っていたけれど……私は殿下のこと、本当に好きなんだろうか。

お顔はとても整っている。見惚れるほど派手な美形だ。脚だって長くて背が高くて本当に格好いい。それに、不遜な態度だけど優しい。面倒見もいい。

ふと、柔らかく小さく笑った表情を浮かべた殿下を見ると私の胸はポカポカとあたたかくなる。……これが、好きってことなのかなあ。まだよくわからない。

ただハッキリとわかるのは、私は今とても寂しいということ。

たったの三日、会えなかっただけなのに。このままもう二度と殿下とお会いできないんじゃないかと、そんなことを考えてしまう。殿下の笑った声を思い出して胸がぎゅうと締め付けられる。

ただただ、殿下に早く会いたい。そう思った、その時──


──ジャラ。


聞き慣れたその音に私はハッとして顔を上げる。

「……」

「……殿下」

本当はわざわざお顔を見なくたって、誰が来たかなんて分かりきっている。殿下だ。あんなジャラジャラ音を響かせている人は殿下くらいのものだもの。

殿下はいつも通りの不遜な表情で私を見ていた。

「貴様、まだこんなところに来ていたのか」

「で、殿下こそ」

「フン、気まぐれだ。貴様のことがある前から俺は元々、ここにはよく来ていたんだ」

殿下はそう言うとフイッと顔を背け、踵を返してしまった。


けれど、それからまた別の日。

私が懲りずに第二校舎裏にフラフラと足を運んでいると、殿下がまたそこにいた。

私と目が合った瞬間、パパパパパパァン！　と景気良く殿下のマントの下で破邪グッズが一斉に弾けた。

「魅了魔法制御の訓練は進んでないようだな？」

「うっ……目下、努力中です……」

私が気まずい声を絞り出している間にも破邪グッズはパァン！　と弾けていた。

――私の魅了魔法（対象は殿下限定）って、そんなに？

私は訝しんだ。

しかし、その間にも破邪グッズは爆散し続けていくので私は「失礼しました！」と足早に殿下の目の前から姿を消した。

さらにまた別の日。

習慣とは恐ろしいもので、私はボーッとしているとついつい第二校舎裏に行ってしまう。今日は殿下はまだいらっしゃってなかったから、座るのにちょうどいい切り株に腰掛けながら魔力制御訓練のために瞑想をしていると、ジャラジャラ……パァン！　とある特定の人物を指し示す音が聞こえてきて、私は意識を取り戻す。

「……邪魔したな」

目が合うと、殿下はそそくさと立ち去っていこうとしてしまう。

（……殿下、ここに来る以外にやることないのかな？）

なんて、不敬なことをつい考えてしまう。殿下は、本当はお忙しい身分の方なのではないだろうか？　私はこの点についても訝しんだ。

そもそも、殿下はこの学園でお嫁さん探し、お妃様候補を探すという崇高なる目的があるお方だ。今の私は殿下限定ではコントロールできずに魅了魔法を暴走させてしまっているらしいけど、その代わりに……というか、なんというか、殿下以外の人には悪さをしていないのだから、殿下のお嫁さん探しを阻むものは今はもうないはずなんだけど。

「そういえば殿下！　お嫁さん探しはどうなんですか！」

「うるさい！　ぼちぼちだ！」

去っていく背中に問いかけると、ジャラ！　と音を立てさせながら大声が返ってきた。

またまた別の日。

どうも、第二校舎裏に行くと殿下に会えてしまう。今日も会った。

殿下はマントの下で今日も景気のいい爆発音をさせながら私に人差し指を突き付けた。

「貴様がいると破邪グッズがいくらあっても足りなくなる！　俺の危機はお前の魅了だけではないんだぞ！　控えろ！」

「殿下！　でででっ、殿下の破邪グッズが爆散しまくりなのは！　私の魅了魔法ばっかり悪さしてるみたいに言いますけど、殿下が私といるとドキドキしちゃうからってせいもあるんじゃないですか⁉」

「うるさい！　それもある！」

「きゃ――――‼」

殿下の爆弾発言を引き出してしまい、私は真っ赤になって悲鳴をあげた。殿下も顔が赤かった。ついでに破邪グッズもめちゃくちゃ爆散していた。

その日はそのまま走って逃げた。

「……ねえ、近頃殿下と一緒にいる姿を見かけませんけど、何かありましたの？」

藤棚の隙間からまばらに光が差し込む東屋に私たちはいた。イレーナさんの言葉にギクリとなる。今日はイレーナさんと一緒にランチを楽しんでいた。あの一件があってから、イレーナさんは私にますます優しくなって一緒に過ごすことが増えていた。

「その……ええと」

「わたくしに遠慮なさってますの？」

美しいルビーのような瞳をイレーナさんは細めた。

「……わたくしが殿下のことが好きだから？」

イレーナさんの言葉にハッとする。

「いいんですのよ、わたくしのことは。もう過去のことですわ」

「そんな……」

「わたくし……実はあなたにちょっと嘘をついていましたの」

「え？」

「わたくしはそもそも殿下の妃候補には選ばれようがなかったのですわ」

イレーナさんが告げた言葉に私は目を丸くする。

「ベルクラフトの癒しの秘術……。わたくしにはベルクラフト家長女として家を継ぐ義務があります。国の妃となるほかにすべきことがあるのです。そんなわたくしを殿下がお選びになるわけがありませんわ」

「……でも、殿下はそういう方ではないと思いますが……」

殿下だったら、ベルクラフト家の責務とお妃としての務めを両立させられるように尽力しそうだ。イレーナさんはフッと笑う。

「ええ。そう思います。……だから、わたくしも、諦められませんでした。でも、そうなるにはまず、そうしてもらえるほどに殿下から深い愛を得ていなくてはならないんですの。消去法で選ばれるにはわたくしは条件が悪すぎでした」

「イレーナさん……」

「初恋が殿下でしたの。十歳の頃だったかしら。でももう、アレはただの憧れで、わたくしのちっぽけな執着心だったのだと見切りをつけましたわ。……殿下が恋した相手に向ける眼差しを知ってしまいましたから」

一息ついて、イレーナさんは真っ直ぐに私のことを見つめた。

「……今はむしろ、あなたと殿下の恋を応援したいのですわ。おおかた、そういうことなんでしょ？」

「え、えええええ⁉」

「わかりやすいですわよ、あなたも、殿下も」

「……そのう」

観念して、私は話し出す。殿下に「俺のことが好きだろう」と指摘されたこと、私が殿下限定で魅了魔法を抑えられなくなっていること。訓練は休止となり互いにあまり会わないようにしていること。イレーナさんはうんうん、と優しい眼差しを絶やさず私の話を聞いてくれた。

「それで、悩んでいらっしゃるのは……魅了魔法がうまく扱えないことですの？　殿下への想いのほうですの？」

「……りょ、両方ですかね？」

どっちだ、と聞かれると正直言ってわからない。

「殿下に、俺のこと好きなんだろう……って言われたけど、私、まだわからないんです。この気持ちが、好きってことなのか……」

「そうなんですの……」

イレーナさんはふうと嘆息し、どこか遠い目をする。

「……殿下もなかなか難儀ですわね……。こんなにわかりやすいのに本人は無自覚というのも……」

「えっ」

「それで、まだ自分の気持ちはわからないけれど、クラウディアさんは殿下限定で発動している魅了魔法を抑え込んで殿下とまた一緒にいられるようになりたいのよね」

「は、はい」

「きっとその気持ちが恋ですわ」

頷ききれず私は曖昧にうーんと首を傾げてしまった。

「わたくしが言ってどうにかなるものでもないですわね……。これが一般のいち男子生徒ならまだしも、殿下もなにしろ王太子というご身分ですし、嫁候補に選ばれるというのはすなわち未来の妃になるということ……無責任にグイグイ言うのも気が引けますが……」

イレーナさんはなにやらブツブツと呟いている。

「で、でも、よく考えたら、で、殿下に……すっ、好きって言われたわけじゃないんですもんね。私が殿下のこと好きなのかどうかはそんなに悩まなくてもいい――……」

「――え？」

私の言葉を遮るように声をあげたイレーナさんは目をまんまるにして硬直していた。

「えっ、あの、えーと、なので、私が殿下のことをす、好きだとしても、それでどうにかなるっていう話じゃないから……って思って……殿下が私のことを好きとは限らないし。そもそも身分も違いすぎますし……」

なんでこんなに驚かれているんだろう、と私はアタフタとイレーナさんに説明を重ねる。

「私が殿下のことを好きで……魅了魔法を無意識に殿下に熱烈にかけちゃってて……それで迷惑をかけているのが問題なのであって……。うん、よし！　とりあえず私が本当に殿下のことが好きなのかどうかは脇に置いておきます！　魅了魔法をどうにかすることに専念します！」

「待ちなさい！　なんでここまで話してそっちに着地しますの⁉」

「え、だ、だって、要点を整理すると……そうなりませんか？」

「で、殿下も、俺のそばにいたいなら努力しろ、って仰ったんですわよね！」

「は、はい。なので、努力を……」

「そうなんですけど！　それを言った殿下の気持ちをもっと察しなさい！」

「え、えええええ？」

「破邪グッズが尋常でなく弾けるのは！　あなたにときめいてるからだ、とも言ってたんですよね⁉」

「で、殿下が言ったわけじゃ！　私が言ったら、それもあるって返されただけで……！」

はあはあ、とイレーナさんが深呼吸して荒らげた息を整える。

「……まあ、いいですわ……」

「す、すみません」

頭を下げる私にイレーナさんはぽつりと呟く。

「……あなたね、あなたはわたくしのことを初めて魅了魔法が解けた人……と仰ってくださったけれど、わたくしにとってもあなたは……初めて『友達』になった人よ」

「ええっ⁉」

「そ、そんなに驚かないでくださる⁉　失礼ですわよ！」

「す、すみません」

こんなに華やかな人が『初めて』の友達だなんて言うから、つい素で驚いてしまった。

「わたくしのことは……きっと殿下から聞いていますわよね。わたくし、ベルクラフト家の娘ということで幼少の時はそれはそれは危険に囲まれて育ちましたの」

「は、はい」

「わたくしの身に危険があれば、周りの人たちがすぐに助けてくださいました。でも、やはり子ども心に恐怖はすりこまれ、気づけばわたくしは人を遠ざけるような高飛車な態度をとることが常となりましたわ」

え、そう……かな？　と思うけど、私もたびたび周りの人からは「イレーナさんはキツい人だけど大丈夫？」みたいなことを言われていたから、そういう側面もある、のかな。

「公爵令嬢という地位の高さも災いしましたわ。学園に入学する前も、してからも、みなさんわたくしを遠巻きに見るばかり。友人と呼べる存在はわたくしにはいなかったのです」

「イレーナさん……」

イレーナさんの告白に胸がじんと熱くなる。学園で友達がいなかったのは、私も一緒だ。

「……だから、わたくし……あなたの恋は応援したいのですわ。あなたなら……殿下とでも応援できます」

お友達ですから、とイレーナさんは頰を赤くして言った。

「ありがとうございます、イレーナさん……」

私の恋、か……。

さっき一旦脇に置いておくと言ったくせに、殿下のことが頭にチラついて離れてくれなかった。殿下のことを考えると、やっぱり胸がポカポカしてくる。……これがそうなのかなあと思ったら夜、眠れなくなった。


まあ、もう言わずもがなですが、第二校舎裏に行くと殿下がいる。もしくは来る。

そういうわけで、今日も私は殿下と遭遇した。

「……貴様、懲りずにまたここに来おって」

「だって。……殿下こそ」

ちらりと横目だけをやる私たち。破邪グッズの弾け飛ぶ音が気まずい間を埋める。

「……ここは殿下と一緒に頑張ってきた場所だから。勝手に足がここに、つい向かっちゃうだけで。そうしたら殿下がいるんですもん」

「……ああ、もう……」

殿下はガシガシと頭をかいた。殿下らしからぬ粗野な仕草は、そういえば以前にも見たことがある。あの時はどんなやりとりをしていたっけ。パァン、パァンと殿下のマントの下が音を立てていることからして、対殿下の魅了魔法制御特訓の成果は今の所まるでなし、ということがよくわかる。

他の生徒や、先生たちはもう全然大丈夫そうなのに、どうして殿下にだけはこうなってしまうんだろうか。

（……やっぱり、私が殿下のことを好きだから？）

考えると耳の辺りが熱くなる。……そうなの、かな。でも、殿下だって、殿下ほどの人だったら私なんかの魅了魔法程度、大したことないはずなのに。実際、身体測定の日に助けてくれたときだって、破邪グッズがなかったのに殿下は平気だった。それなのに、こんなにも破邪グッズがパンパン壊れていくのはおかしい――。

――ふと思い出す。いつぞやのことだったろうか、殿下が言っていた。魅了魔法は術者本人に対して元々好意的であればさらに効果を増すと。それに、この間だって、「殿下が私にドキドキしてるからじゃないですか⁉」と言ったら、「それもある！」って……。もしかして、身体測定の時は緊急事態でそれどころじゃないから平気だった？　殿下と私が一緒にいると殿下の破邪グッズが弾けていくのはもはや当たり前になっていたけど、破邪グッズが壊れる、ということは……。

（そ、そ、それだと、それって……）

その理屈でいうと殿下も私のことを、少なくとも憎からず思っているということになるのだが。

……なるのだが。

「さすがに自分に都合よく解釈しすぎですよね……」

「そ、そこまで行き着いて、どうしてそうなるんですの？」

スン……と俯いて、延々とお弁当のクレソンをつつく私にイレーナさんは驚愕の声を上げた。

「――クラウディアさん」

いつもより低い声で名前を呼ばれる。

「は、はい」

「いつもと違う殿下の姿、見てみましょう」

「ええ？」

「今、距離を置いているんでしょう？　ちょうどいいと思いますの。いつもあなたが見ている姿とは違う殿下を見ることで気づきがあるかもしれませんわ」

距離……置こうとはしているけど、なんだかんだで結構な高頻度で会ってしまってるけど……。

「さあ、いつまでもツンツンしていないで早くお弁当を召し上がって？　行きますわよ」

イレーナさんは戸惑う私の手をグイグイと引っ張っていく。

今はちょうど昼休みの時間。多くの生徒はお昼ご飯を食べ終えて、午後の授業が始まるまでさあどう過ごそうかと各々謳歌している時間帯だ。

イレーナさんが連れて行ってくれたのは二年生の教室があるフロアだった。委員会にもクラブにも所属していない私が他学年のフロアに行く機会はほとんどなく、自分達の生活圏とは違う雰囲気に少しドキドキする。

「えっと、イレーナさん……」

「しっ、お静かに」

そう言ってイレーナさんは『姿消し』の魔法をかけて、廊下の角に隠れた。私もそれに倣って、角からひょっこり顔だけ出してイレーナさんの目線の先を覗き込んだ。

高い位置にある目立つ金髪頭はすぐに見つかった。私は慌てて息を呑む。

（い、今のは私でもわかった……今、魅了魔法出そうになってた……！）

殿下の破邪グッズが爆散したら私がここにいるのがバレてしまう。バクバクと心臓が音を立てているのは緊張しているからか、咄嗟に魅了魔法を抑え込もうと無理やり呼吸を止めたせいか。セルフ酸欠状態になっている私をイレーナさんは怪訝そうな目で見ていた。

「殿下はこの時間帯は教室でお昼ご飯を召し上がったあとに学園内の巡回を始められますの」

「イレーナさん、よくご存じですね」

「まあ、陰から眺めていた歴は長いですから……っと、そ、そんなことはよろしいのですわっ！」

そういえばイレーナさん、グイグイアプローチはできなかったけどお姿拝見しているだけで幸せだった、みたいなことを言っていた。……結構積極的に陰から見てはいたんだな。慣れた様子で殿下のあとを、陰に潜みながら追跡していくイレーナさんに私もついていく。

「殿下がお優しいのはあなたにだけではないの、困った人がいれば必ず手を差し伸べてくださる。それが殿下ですわ」

イレーナさんの言葉通り、殿下は注意深く周りを眺め、何かあればすぐに傍に赴き事態を解決していった。生徒間の小さな諍い、高圧的な生徒の横暴な行為といったものを窘めたり、落とし物をした女の子と一緒に床にしゃがんで根気よく捜し物に付き合ったり。

特になにもなくても、殿下が歩いているといろんな人が殿下に声をかけていく。みんな、殿下に親しみを持っていて、殿下を慕っているようだった。

今も、一人、殿下に駆け寄ってくる人が。あれ、あの人って……。

「あっ、アルバートくん！　この間はありがとう。おかげで助かったよ。ようやくアイリスも機嫌を直してくれたみたいでさ……」

「そうか。それはよかった」

「今となっては不思議なことに、どうしてアイリスとあんなに険悪になってしまったのかよく思い出せないんだけど……でも、あなたに根気強く互いに話し合うべきだと諭してもらったおかげだよ。本当に感謝している」

ゴードン生徒会長――。そういえば、いつぞや、私のせいで学園集会の真っ最中に婚約破棄宣言をするなんて大騒動を巻き起こしてしまったんだった。

（も、もしかして……）

さあっと血の気が引いていく。私、その時は自分のことでいっぱいいっぱいだったけど、殿下が……フォローしてくれていた……？

どうやらすでに解決してしまっているようで、もう今更すぎるけれど私は「あああああ」と声を上げて叫び出したくなった。申し訳なさすぎて。

（で、殿下、も、もしかしなくても、私が……巻き起こしてきた騒動の後始末……全部……なんとかしてくれてた……!?）

そうだ。よく考えなくたって、貴族同士の婚約には惚れた腫れたよりも政治的意図とかの意味合いが強い。それをポンポン婚約破棄だなんだとできるわけがない。そんなことをしようとしたらいろんなところに影響がある。つまり、魅了魔法を撒き散らしていたせいで毎日毎日どこかで騒動を起こし続けてきた私は殿下にとって――ものすごく大迷惑なやつだった。

「どう？　クラウディアさん。知らない殿下を見た気持ちは」

「穴を掘って埋まりたい気分です」

「クラウディアさん⁉」

意気消沈している私にイレーナさんがぎょっとする。

（殿下、絶対に私のこと好きじゃないと思う……）

殿下はどんな気持ちで毎日私の魔力制御訓練に付き合ってくれていたんだろう。いつだって不遜な態度ではあっても、殿下は私にそういうイラつきの気配を見せることはなかった。こんなことをしてくれているなんて、ちっとも匂わせていなかった。

「私、こんなに殿下に……ご迷惑おかけしていたんだな、って……」

困惑しているイレーナさんにそう話すと、イレーナさんは苦笑を浮かべながら小さく首を横に振った。

「殿下はそうは思ってはいませんよ」

「でも、間違いなく大変だったじゃないですか……。私の魅了魔法のせいでめちゃくちゃになった人たちの仲をとりもつだなんて……！」

「殿下にとっては、きっと大したことではなかったと思いますわ」

口籠もる私にイレーナさんは優しく目を細める。

「もしも殿下が本当にふざけるな、と思っていたらとっくにあなたに直接『ふざけるなよ！　俺は忙しいのだ！　余計な手間を増やすな、貴様が招いた事態だ。貴様がなんとかしてこい！』くらい言っていますわ」

「イ、イレーナさん、声真似上手ですね」

「まあ、見ている歴が長いですから……って、そんなことはどうだっていいのですわ！」

ほら、とイレーナさんに促されて顔を上げる。

「殿下にとって、困っている人がいたら助けるなんていうことは当たり前のこと。そうでしょう？」

「……殿下」

イレーナさんが指し示す先には、学園内のこまごまとしたトラブルを解決していく殿下がいた。殿下は優しい。私にだけじゃなくて、他のみんなにも、優しい。王太子殿下という身分だから……という理由ではなくて、きっと、殿下自身の気質がそうさせるんだろう。ね？　とイレーナさんが私の肩に手をやって優しく語りかける。私は「はい」と頷いた。

（……格好いい……）

まだ、申し訳ない気持ちはこびりついていて、泣きたいしどこか穴でもあったら入りたいけれど。

それでも、みんなを助けてまわる殿下を見てるだけで私は誇らしい気持ちになっていた。

殿下が、そういう人であることがとても嬉しくて、頼もしくて、そして。

（好き、だなあ……）

自然とその言葉が頭に浮かんでいた。今まで何度も感じてきていた胸の疼きと共に。

――ストンとそれが落ちてくる。私、そういう殿下のことが、好きなんだって。

「……クラウディアさん？」

かああ、と火照る頬を押さえる。咄嗟にイレーナさんの細い腕を掴んだ。勢いそのままに一番近い階段を駆け登り、人気のない踊り場まで差し掛かると、叫んだ。

「わ、私！　殿下のこと、大好きじゃないですか!!」

「そうでしょう!?」

私に付き合って走ってくれたイレーナさんは肩で息をしながら答えてくれた。

「ず、ずっと大好きだったじゃないですか!?」

今までも、ずっとこんなふうに胸が温かくなったり、ギュッてなったりしてきていた。これが好きということ、だったのなら、とっくのとうに私は殿下のことが好きだったということに……。

「……！」

声にならないうめき声をどうにか抑え込もうと必死になる。――今、殿下の破邪グッズが爆散した気がする。音は聞こえないけど。弾けていてもおかしくない、絶対に今間違いなく魅了魔法が漏れ出ている。

これをずっと、私は殿下にぶちかましていたのか。無意識に、無自覚で——。

こんなことをしていて、殿下が私の想いに気づいていなかったわけがない。私が好き、と思い始めたその時から、きっと殿下は気づいていた。……殿下のこと、好きになったのはいつからだろうかと思い返そうとして、私はまたわあっと叫びそうになった。

「ク、クラウディアさん……」

「ど……どうしよう……」

真っ赤になった顔を両手で覆(おお)いながら私はその場にへたり込んだ。

(こ、これから一体、どんな顔して殿下に会えば⁉ いろんな意味で会いづらい！ あっ、でも今は会わないようにしてるんだった！ よかった！)

感情が大混雑している私の背を、イレーナさんはずっとよしよしとあやしてくれていた。


「……最近、いつもの場所に行っても全然会わなくなっちゃって……」

クラウディアさんはしゅんと肩を落とした。憂(うれ)い顔もかわいらしい……けれど、それ以上にお労しい。今は会わないようにしているし、あなたも色々と自覚して以来「会わせる顔がない」とか言ってませんでしたっけ？ なんて野暮(やぼ)なことは言わない。

「……やっぱり私、殿下に嫌われていると思います……」

「そ、それはない！　それはないですわ！」

続いた言葉をわたくしは全力で否定した。

「むしろ……そこに行ったらなんだかんだで会えてしまう方がおかしかったのだと思うのですけれど⁉　あなたも殿下も！」

「だ、だって、つい身体がそっちに向かっちゃうんですもん」

クラウディアさんはわっと泣きべそをかいた顔を両手で覆った。

「私、あんなに殿下に迷惑ばかりかけていたんです。きっともう、私とは会いたくないんだと思います……」

わたくしの促しにより、クラウディアさんが自分の気持ちに気がついてはや数日。彼女の感情の蓋を開けてしまったことにいささかわたくしは後悔の念を覚えていた。あの日以来、クラウディアさんはすっかりネガティブになってしまい……。今日もクラウディアさんは最近全く殿下に会えなくなったのだとひどく落ち込んでいた。

「でも、あなたも魅了魔法の制御訓練は続けているんですよね？」

「……はい」

「また今までと同じように殿下と一緒にいられるようになりたい気持ちには変わりはないんですわよね。……今も、殿下に会いたいのですよね」

クラウディアさんは白い頬をほんのり色づかせて小さく頷いた。その姿を見たわたくしは決心する。

（クラウディアさんを落ち込ませてしまったきっかけを作ったのはわたくし。殿下が最近放課後に、一体なにをしているのか、探ってみせますわ！）

殿下はどうやら、毎日放課後学園外に出ていかれているようだった。殿下には転移魔法の使い手の護衛がいる。その護衛の力で行き来している場所は、わりあいすぐに特定することができた。

（……お城の、工房……？）

わたくしは公爵令嬢という地位を活用し、入城して殿下のあとを追った。行き着いた先はそう大きくはない、四角い建物。『破邪の守り製作工房』という看板がかかっていた。

扉を開けて中に入られようとしている殿下を呼び止める。

「……ごきげんよう、アルバート王太子殿下」

「イレーナ？　どうした、珍しいな。……城に用事か？」

ほんの少しだけ驚いたように、振り向いた殿下の碧眼が見開かれていた。

「少々お使いですわ。最近、殿下のお姿が学園内で見られませんので」

「……ああ」

聡い殿下はわたくしの思惑をすぐに察したのだろう。いつもつりあげている眉尻をわずかに下げた。

「最近はここに通われていましたの？　その、破邪グッズ……いえ、破邪の守りを作られる工房に……」

クラウディアさんが破邪グッズ、破邪グッズと言うからついつられてしまうけれど、正式には『破邪の守り』というらしい。殿下は「そうだ」と深く頷かれた。

「最近、アイツがそばにいなくても破邪の守りが壊れることが格段に増えてな……」

（ク、クラウディアさんが恋心を自覚したせいですわ……！）

わたくしが引き起こしてしまった事態に思わずヒュッと息を呑む。

「現行のままだとアイツの魅了魔法に敵わん。強度を上げなくては。工房長に協力してもらって改良に臨んでいるところだ」

「……クラウディアさんのために？」

「アイツにだけ頑張らせておくわけにもいかんだろう。……共にいたいと思うのは、俺も同じなのだから」

囁くように呟かれた言葉にわたくしは少し驚く。殿下は、すでにわたくしがお二人の事情を把握していると見越しておいでだ。クラウディアさんへの想いが明らかな言葉を口にされた。

「それ、クラウディアさんに言うわけにはいきませんの？」

「その気はない」

「……殿下はどうして自分からは想いを伝えようとはしないのですか？」

「俺と好き合うということは、俺の嫁候補になるということだからだ」

核心をついたわたくしに、殿下はハッキリと即答される。

「……アイツは『普通』の学園生活に憧れを持っていた。それなのに俺の嫁候補になったらアイツの望む『普通』ではなくなるかもしれん」

「では、クラウディアさんとはお付き合いされないおつもりなのですか？」

「俺から働きかけるつもりはない。……が、アイツが、自分で俺を選ぶならその限りではない」

そう仰った殿下の横顔はひどく優しげで、そうなる未来を殿下も期待されているのだと感じさせるものだった。

殿下のこれは、優しさによるご配慮であることは間違いない。けれど、クラウディアさんの今の様子を知っているわたくしとしてはなんて難儀なことだろうと思わざるを得ない。言ってしまえばよろしいのに、と思いながらわたくしはふと気がついて、口を開いた。

「……殿下がクラウディアさんに想いを自ら伝えないのは、クラウディアさんの魅了魔法のせいではないのですね」

「それがどうした」

「そちらは問題ではないのかと。未来の王妃が魅了魔法なんてものを使えるなんて」

たとえ間違いなくコントロールができるのだ、悪用する意思はないのだと説明したところで、『使える』という時点でそれを脅威に思う人間は多いだろうに。

「そんなことは大した問題ではない。どうとでもなる」

殿下はいつもの自信に満ちた顔でフッと笑い、胸を張って堂々とお答えになった。わずかに揺れた殿下のマントからジャラ……と音が鳴った。そして、殿下はそのまま工房の扉をくぐって行かれてしまう。

（……どうか、うまくいくといいのですけれど……）

わたくしは工房の扉が閉まるその時まで、深紅のマントを翻す殿下の背を眺めながら、そう願ってやまないのだった。

（やっぱり殿下は、あの場所にはもう来ないんだ）

イレーナさんに気晴らしにと誘（さそ）ってもらって、学園内に設けられた森林公園入口のベンチに腰掛けた私はしょんぼりと肩を落とした。いつもの第二校舎裏に、殿下は今日も現れなかった。――なんだかんだでそこに行けば会えてしまっていたことのほうが、前にもイレーナさんに言われた通り、ちょっと変だったわけだけど。

「私がいつまで経（た）っても、魅了魔法を制御できる見込みがないから……」

「殿下はそんなことで突然人を見放す方ではないでしょう？　きっと、ご事情があるのですわ……」

落ち込む私にイレーナさんはすかさずフォローを入れてくれる。優しい。

「……ねえ、クラウディアさん。告白……してみたら？」

「ええっ⁉」

「もちろん無理にとは言いませんけれど。現状打破のひとつの手といいますか……」

イレーナさんの思い切った提案にぎょっと目をむく。イレーナさんは目を細めて聖母のような眼差しで私を見つめていた。

「クラウディアさんは殿下と一緒にいたいのでしょう？　これから先も」

「……はい……」

答えながら、自分の耳が熱くなるのがわかる。殿下のことが好き。自覚してから、私はすぐに胸がいっぱいになって、顔が真っ赤になってしまうばかりだ。

イレーナさんの困ったような微笑みを見て、私は唇をきゅっと噛む。

（ずっとこのままじゃ、ダメだ……）

いつまでもイレーナさんの優しさに甘えていてはダメだ。ウジウジずっと考えて、落ち込んでいたって、なにも前に進まない。私は意を決して、口を開いた。

「わ、私、告白、します」

私の言葉にイレーナさんはハッと目を大きくした。

「ええ、応援していますわ！」

「こ、告白して……殿下のお気持ちを聞きます。それで、フラれてきます！」

「なんでそうなるんですの⁉」

「だって、無理ですよ！　成金娘！　魅了魔法撒き散らし！　やらかした騒動の後始末は任せっぱなし！　甘えん坊！　大迷惑！　つり合う身分もなければイイとこもなし！　好かれてるとは思えない！　お付き合いできる見込み、一切ありません！」

イレーナさんの金切り声をかき消すように早口で言い切る。自分で言いながら、わあっと泣きたくなってくる。

「フラれてスパッとしてきます！」

「そ、そっちのモチベーションでいきますの……？」

優しいイレーナさんは私にどう声をかけるべきか悩まれていたようだけど、しばらくして諦めたように遠くを眺め、細くため息をついた。

「まあ……告白さえしてしまえば……きっと、なるようになりますから……ね」

「はい！　やってきます！　……そのためにも……」

決意が鈍らないうちに、私はすぐさま行動に移った。イレーナさんにお願いして、最近めっきり姿を現さない殿下をいつもの校舎裏に呼び出してもらったのだった。

久しぶりに対面した殿下は、いつもよりも眉をつり上げて私を怪訝な目で見ていた。

「……殿下。お願いがひとつあります」

木枯らしがビュウと私と殿下の間に吹きつけ、落ちた木の葉を揺らしていった。


——そして、私は再びあの場所に足を踏み入れた。

「……そうですか。あの箱の封印に、もう一度……」

「はい。あれから私も、たくさん修行を積みました！　もう無駄骨は折りません！」

ここはかつて訪れた国家神殿。神官長ジルバ様は目を伏せ、深く頷かれた。

今度こそ、あの箱を解き、魅了魔法を会得してみせるのだ！

（……私はまだ実力不足かもしれない……）

だって、殿下相手には未だ魅了魔法をコントロールできないから。

あの箱を解くというのならば、殿下相手でも魔力を制御できる実力者でなければいけないかもしれない。

（でも、私……この箱、解けるまで、帰らないから！）

私は覚悟を決めていた。

魅了魔法を完全に制御できるようになって、真正面から殿下と向き合って、そして告白したいと。

私がもう一度、あの魅了魔法の封印に挑みたいと言った時、殿下は「わかった」と一言だけ仰った。そして、私がそう思っただけかもしれないけど、私の挑戦を応援するみたいに笑っていた。

ちなみにその時も空気を読まない破邪グッズはパァンと爆散していた。

殿下はずっと私を見守ってくださっていた。根気良く、私に魔力制御の特訓をしてくださった。だから、そんな私にできないわけがない。

だって、私を見ていてくれた殿下は——すごい人なんだから！

そして、何時間、いや、何日経った頃だろうか。

日付の感覚どころか空腹すら感じなくなってきた。ただ、箱に触れている指先の神経だけが研ぎ澄まされていた。

あの時には全く解けなかった魔力回路の解析、不思議と今はその解が感覚的にわかる。魔力測定のときに暴発した魅了魔法を吸収したり、襲われそうになったイレーナさんを救うために魅了魔法を初めて自分の意思で使った経験が活きている。あの時も、魅了魔法が発動しているときの感覚――魔力回路はそれと類似した構成をしていた。

やがてカチ、と小さな音がした。箱の魔力回路に私の魔力が澱みなく流れ、走っていく。

「おお……！」

私に付き合ってくれていたジルバ様が感嘆の声を上げる。

封印の箱は開かれた。

(これが、魅了魔法……！)

箱の中に入っていた小さな手記を手に取る。その瞬間、私の頭の中に直接魅了魔法の詠唱の文句や、魔力の構築の仕方が流れ込んでくる。

(この感じ……)

私は理解した。順番は逆になってしまったが、私はこの魔法が発動している時の感覚をすでにもう知っている。

魔力制御が上手になった今だからこそ理解できたのだろう。何も知らずにうっかりこの箱を開けていたとしても、私は何もわからないまま「この箱なに？」と思っただけで終わっていたかもしれない。

連日の徹夜と極度の緊張状態の疲労で動悸のする胸に、そっと手を当てた。

そして、その状態は——やっぱり私は殿下に対して魅了魔法を暴発させてしまっていたのだと、改めて自覚した。殿下と一緒にいるとき、殿下のことを考えているとき、殿下から優しく見守られているとき。そのとき胸に湧き上がってくる感覚と、一緒だった。

「……やり遂げましたな」

「……はい！」

神官長ジルバ様が私の肩にポンと優しく手を置く。振り向き、笑みを浮かべる。

どちらともなく、私とジルバ様はハイタッチした。

「殿下！」

いつもの第二校舎裏。

神殿から帰還した私は早速殿下をここに呼び出した。かつて殿下が私をここに呼び出したときと同じような手紙を書いて。殿下の姿を認めて駆け寄っていった私を、殿下は少し驚いた様子で目を大きくして見ていた。

「……貴様」

殿下にはわかるらしい。私が、対殿下相手にも魅了魔法を制御できているということに。

「やり遂げたのだな」

「はい！」

「……よくやった」

青い瞳を細め、殿下が微笑む。殿下の優しい声に私はつい頬が赤らむ、けれどそれでうっかり魅了魔法が暴発しないように戒める。

私は一歩、殿下に近づいた。距離が近づいても、殿下のマントの下は静寂を保っていた。

「……殿下。私、殿下のこと……好きです」

「……お前……」

真っ直ぐ目を見て、私は言い切った。

この言葉を言うために、私は頑張ったのだ。

「魅了魔法を完全に制御できるようになってから、言いたかったんです。そうじゃないと、私、告白しながらきっとあなたに魅了魔法をかけてしまうから……魅了魔法の力じゃなくてちゃんとあなたに、言いたくて」

「……ああ、よく頑張ったな」

もしも私が今もまだ殿下に対して魅了魔法暴走しっぱなしでこんなふうに向き合ってい

たとしたら、今頃殿下のマントの下は花火大会のような有り様になっていたことだろう。

　殿下の破邪グッズの破裂音がしないと、とても静かだ。私の心臓がうるさいのがよくわかる。

「──私！　もう殿下にご迷惑かけないですよね？　これで、殿下も……お嫁さん探し、捗りますね」

　私は殿下のお顔を見上げ、ニコッと笑った。

「今までありがとうございました！　私、これからも頑張ります。これからは自分の力で、今度こそ本当に成績オール『優』を目指します！　自由恋愛も……頑張ってみます！」

　晴れやかな気持ちだった。

　これでもう悔いはない。この人に好きだと言うために私はやり遂げた。今までずっと、魅了魔法のおかげでまやかしの評価や好意を得てきて、それに無自覚だったあぐらをかいていた私。そんな私が、ちゃんと目的を自分の力で達成できたのだ。嬉しい。開放感に近いものすらあった。喩えようもない清々しい気持ち。

　私は本心から笑って、殿下に礼をした。

　殿下もこれでもう心配ないだろう。禁忌魔法である魅了魔法を無意識に暴発してしまうやつ、学園をめちゃくちゃにするやつ、ともすれば独房で幽閉でもしておかなければ国の脅威となる可能性のある厄介なやつ。そんなやつの面倒をもう見ないでいいのだ。

殿下はお嫁さん探しに専念して、私は学業と自由恋愛を頑張って、それぞれやるべきことを成し、たまに廊下ですれ違ったらちょっと世間話なんかをして。そういう関係にこれからなるのだ。もしかしたら、今以上に気安い関係になれるかもしれない、だなんて。

そう思うとちょっとフフッと笑ってしまう。瞳から涙がこぼれ落ちそうになっているのは、気のせいだ。

そして、この第二校舎裏からお暇をしようと踵を返したその瞬間。

「……え？」

振り返ると、殿下の大きな瞳が私を見つめていた。

大きな手のひらが私の手首を掴んでいる。

「告白しておいて逃げる気か、貴様」

「えっ」

「俺のそばにいたいから、最後まで頑張り抜いたのではなかったのか？」

「そ、その……でも、殿下は私のこと……き、嫌ってるんじゃ……」

「なんでそんなふうに思ってるんだ」

間近に迫った殿下のお顔が歪んだ。

整った眉はつりあがり、眉間には深いしわが刻まれる。青い瞳の力強さに私の心臓はどきりと跳ね上がって、息を呑む。

「たくさん、迷惑かけてきたから……」

「一言でも俺がそんなこと言ったか？」

「それに、殿下は王太子ですから、お妃にふさわしい方を探さなくちゃ……」

「貴様以外におらんだろうが」

低く掠れた声が私の耳朶を打つ。

「いえ、だって、私……金で爵位を得たしがない平民のいち商人の娘ですよ。とても王妃には……」

「妃に身分が必要であれば、俺はわざわざ学園で嫁探しなどしとらん。それならば家柄だけで見定めた娘とすでに婚約している」

私は今更殿下が高い背をわざわざ屈めて私に目線を合わせていたことに気がついた。私の両肩には殿下の大きな手のひらが乗せられていた。

「……考えろ。なぜわざわざこの魔術学園で嫁探しをしているのか、その意味を」

「え、ええ……？」

「身分はいらん。よい人柄とそれなりの魔力があって、俺が好ましいと思える人物であればそれでいい」

顔が近い、とても近い。でも、真剣な眼差しから目を逸らせなかった。

「でも、私じゃ……！」

　魅了魔法、なんて禁忌扱いの魔法が使えるだなんてきっと王妃にはふさわしくない。

「貴様ほど強力な魔力を持ち、なおかつそれを制御できるものは他にはいない」

「でっ、でも」

「国家神殿に封じられた魔法の箱を開けられるほどの魔力の使い手を詰れるやつなど、いるのならば会ってみたいくらいだな」

「……こ、こんな、大迷惑なやつ……嫌いじゃないんですか……？」

「この俺が、お前がいいのだ。クラウディア」

　あんなに迷惑かけてきたのに？　彼の声で初めて呼ばれた名前の衝撃に脳がぐらぐらした。じわりと目の端に涙が浮かんで、視界に映る殿下の青い瞳が歪んで見えた。

「み、魅了魔法……かかってないですよね？」

「かかってるわけがないだろう」

　殿下のお声も、目つきも真面目そのものだった。私はその場にへたり込む。

「よかった……」

　怖いくらい私に都合のいい甘い言葉を語る殿下。まさか、とつい思ってしまった。

　胸を撫で下ろす私を、殿下は柔らかく目を細めて見つめる。

「ほ、本当に、私、殿下のこと、好きでいいんですか？」

「――当たり前だ」

地面にへたり込んだ私に殿下が跪いて手を差し伸べた。

その掌と殿下の顔を交互に見やる私に殿下は少し呆れたように微苦笑を浮かべていた。

おずおずと殿下の手をようやく取ると、殿下はゆっくりと優しく、けれど力強く私の体を持ち上げた。

「アルバート様、ありがとう……」

私の体を支えてくれている殿下の目が大きく見開かれた。

「……貴様、俺の名前呼ぶの初めてだな」

「えっ、そうでしたっけ」

きょとんとする私に殿下は目を眇める。

「俺の名も知らんのかと思ったぞ」

「えへへ、でも、殿下は殿下、って感じで」

殿下は意地悪げに笑っていた。知らないわけがない。この国の王太子殿下のお名前なのだから。殿下とこうしてお話しするようになるまでは確かにちょっと印象が薄かったけど。殿下は殿下だから、ずっとそう呼んできたけれど。でも、今は、お名前を呼びたいとそう思ったのだ。

気づけば私は殿下にぎゅう、と抱き締められていた。押し当てられた殿下の胸から聞こえる鼓動は、とても速かった。多分、私の胸の鼓動と同じくらい。

「これからはもっと俺の名前を呼べ。……妃になるのだから」

「は……はい……」

恥ずかしくて俯いてしまった私の頬を殿下の手が包んだ。

「おい、もう少し頑張れ。顔を上げろ」

「は、はい」

素直に顔を上げると、見たことのないお顔をされた殿下がいた。

熱っぽく潤んだ瞳、微笑みを浮かべた薄い唇がもうすぐ触れるところまで迫っていた。

「愛している。……クラウディア」

言葉にならない声が喉から漏れた。ぎゅうっと痛いほど強く目を瞑る。

ハッキリと伝えられた殿下からの愛の告白に、頭は真っ白になっていた。

そして、殿下のマントの下からパァンと音が弾けた。かと思えば、パパパパパパパァン！　と最高に景気良く破裂音が響いていく。

「……」

「……えーと……」

二の句が継げない私たちの気持ちを代弁するかのように、少し遅れてパァンと破邪グッズが爆散する音がした。

「――まだまだ課題はあるようだな？　クラウディア」

「が、頑張りましょうねっ、アルバート様！」

私たちの順風満帆（まんぱん）な明るい未来は、まだ、これからだ。

エピローグ

さて、魔術学園に入学してもうすぐ一年が経つ。最近はめっきり寒くなってきて雪が降ることも増えてきた。そんな寒空の下、今日もいつもの第二校舎裏で殿下と二人きり、私の魔力制御特訓はまだ続いていた。

でもいままでとは私と殿下の関係性は変わっていて……。

校舎裏に生えている腰をかけるのにちょうどいい切り株に二人並んで座る。二人で座るにはちょっと狭いのだけど、そういうことを気にする関係ではなくなった。寒いからちょっぴり触れ合っている殿下の体温が気持ちいいな、とかそんなことを考えているとふと殿下が口を開く。

「……なあ、俺と婚約するということは『普通』ではいられないぞ」

「えっ？」

「王太子妃だ。将来は王妃になる。いいのか？」

聞き返すと、殿下は真剣な眼差しで告げた。私は迷わずコクリと頷く。

「私は……殿下と一緒にいたいです。これからも……」

「だが、俺と付き合うというのは重責だぞ。今まで貴様が魅了魔法でかき集めてきたものとはまた違う形で注目されるし嫉妬もされるだろう。そういう覚悟はあるのか」

「好きな人とずっと一緒にいたいのは『普通』の女の子ならみんなそうですよ」

「だから構わない、と？」

「はい！」

殿下の憂いを吹き飛ばせるようにつとめて明るく笑ってみせる。

「……私、殿下のおかげで魅了魔法を制御できるようになって……周りを気にしないで学園中を歩けるし、お友達も増えて、男の子たちとも普通に話せて、すごく学園生活が楽しくなったんです」

改めて話すと少し気恥ずかしくてへへ、とはにかんでしまう。

「殿下のおかげで念願の『普通の学園生活』を手に入れましたから、あとはもう、いいかなーって」

「……そうか」

殿下の返答は短いものだったけれど、その眼差しは優しかった。

「殿下、もしかして気にしてくださっていたんですか？」

「……さすがにあの場で聞くのは野暮すぎるからな」

「えへへ」

少し赤くなっている殿下の耳を見てちょっと嬉しくなる。

「告白してきたくせに、あんな顔して勝手に一人で諦めていたから焦った」

それは……今となっては自分の暴走加減が少し恥ずかしい。はにかみながら殿下の顔を見上げる。

「でも、私の答えは最初からわかっていたみたい」

「フン、当然だろう。……お前は俺が好きなんだろう？　クラウディア」

「ひうっ」

殿下のど直球に被弾する。ぼっと一気に顔が熱くなった。

「お前から告白されたのなら嫌だと言われてももう手放す気はなかったが、お前に負担をかけるのも望ましくない。だから、聞いておきたかった」

「……はい」

私はそっと殿下の手に触れた。私よりもひと回り以上も大きくて、骨張った手。

「あの、殿下。私、殿下の手、大好きです。大きくって、あたたかくて、お、男の人の手だな、って」

ぎゅう、と殿下の手を握る。

「……私も、アルバート様の手を放したくはありません……」

指と指を絡めたそのとき、殿下の破邪グッズがパァンと鳴った。青い瞳が私を睨む。

「――また出たな、魅了魔法」

「すすすすみません」

「さんざん好きだと言い聞かせてまだわからんのか貴様は」

「ひえっ」

殿下の整った顔が間近に迫る。鼻先がぶつかりそうでドキドキする。殿下の青くて透き通った綺麗な瞳に情けない顔をした私が映り込んでいた。

「これ以上俺を好きにさせる必要はないと、再三言っているというのに」

「だ、だって」

理屈としては、そうなのだ。殿下のことが大好きな私が、殿下をオトすために魅了魔法を発動してしまっている。だから、「私が殿下をこれ以上好きにさせる必要はない」と思っていれば理屈としては発動しない……はずなんだけど。

他の人に向けてはもう全く働いていない魅了魔法。しかし、私はその全力を殿下に向けて注いでしまっている、らしい。これでも常時発動しているわけじゃない。

私が、その、殿下のことが好きだなあとか、殿下のすることでドキッとしたら……漏れ出てきてしまうみたいで。無意識だから。無意識なのに。

「で、殿下のこと、好きだって思ったら出ちゃうんですもん……」

「……」

パァン！

「あっ！　今のは殿下がっ、キュンってなったからです！」

「そもそも貴様が魅了魔法を漏れ出させてなかったら破邪の守りは爆散せんのだ！　胸キュンくらい好きにさせろ！」

「え、えーん」

殿下の開き直りに照れればいいのか、困惑する。

これでも一応、神殿に行って魅了魔法を完全習得する前の完全無自覚時期に比べたらマシなのだ。あの時は特別わかりやすいきっかけがなくても殿下に魅了魔法を垂れ流してパパパパパァンとさせていたから。でも今は……その、わかりやすいきっかけがあったら発動する感じなので――言ってしまえば、イチャイチャしようとすると破邪グッズが爆散するのが今の私たちの状況だ。

よって、つまり、両想いにはなったけど……あんまり恋人らしいことは……そんなにできていない。名前も結局、呼び合うとドキドキしちゃってすごいことになるから、あんまり呼べていないし呼ばれない。

(でも、殿下と一緒にいられるだけで嬉しいな)

隣に座る殿下の気配にへへ、と顔が緩む。常時暴発しっぱなしではなくなったから一緒にいてもいいだろう――と判断が下ったのだ。殿下いわく、王家に仕える破邪グッズを作っている人たちからも応援の後押しがあったらしい。私と殿下が一緒にいられるのは破邪グッズを作ってくれている人たちのおかげだ。今度お礼を言いに行きたい。

でも、応援してもらえてるとはいってもそれに甘えて爆散させまくるのはよくない。だから、頑張って控えようとはしているんだけど……。

「クラウディア」

いつもより低くて掠れた声が私の耳に囁かれる。さっき私が好きだと言った殿下の手のひらが頬を撫でる。顔に落ちた髪を耳にかけられ、そして頬にちゅっと口付けられた。

「――！」

私の悲鳴より先に殿下の破邪グッズがパパパパァン！　と音を立てる。目を丸くして見つめる私の髪をひとふさ取り、髪にも口づけが落とされる。続いてパァンと破邪グッズが爆散した。破裂音に紛れながら、私の髪に唇を添えたまま殿下は鋭い眼差しで言った。

「……魅了魔法が俺相手にも完全に制御できるようになったら、覚えてろよ」

「は……はい⁉」

私、どうなっちゃうんだろう。ドキドキするというか、こわいような……。

（……しばらくはこのままでも、いいのかな……）

そんなことを思ってしまう、澄んだ冬晴れの午後だった。

FIN

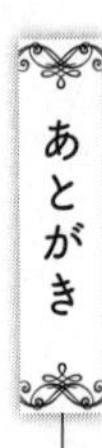

あとがき

はじめまして、三崎ちさと申します。このたびは『魅了魔法を暴発させたら破邪グッズをジャラジャラさせた王太子に救われました』をお手にとっていただき、ありがとうございました！

みなさんがどんなきっかけで本作を手にとられたか考えるとドキドキします。表紙、タイトル、あるいはその両方でしょうか。このきれいなイラストに『ジャラジャラ』、編集さん、天領寺セナ先生、デザイナーさんのお力で本当に素晴らしいカバーにしていただきました。どうか本文のほうもお楽しみいただけておりますようにと祈るばかりです。

本作はWEBで掲載していた作品にお声かけをいただいて、こうして出版の運びとなりました。とても楽しく書いたお話でしたので、一冊の本になる機会をいただけて本当に嬉しかったです。見つけてくださった担当さんには頭が上がりません。

私の大好きな不遜で尊大な男とかわいくて頑張り屋な女の子の二人のお話をたっぷり書けて本当に幸せです。殿下はクラウディアをかわいいなと思ったりキュンとしたりしてる時は大体パァンしてるので、よければその辺りを踏まえて二周目をお読みいただけるとさらに趣深いのではと思います。（我慢してる時もあります！）

書籍化にあたり、WEB版にはいないキャラクターとして殿下の護衛ジェラルドと全然悪役じゃない悪役?令嬢ポジのイレーナが登場しています。実はジェラルドはWEB版にも構想段階ではいたキャラでした。が、WEB版はサックリと読んでいただけることを目標に三万字くらいの短いお話として書こうと決めていたので、コイツを出すと話が膨れ上がるぞとあえなく未登場となり……書籍化のお話をいただいたことで彼のことを書く機会ができてよかったです。イレーナは担当さんの「クラウディアのお友達になるような子が欲しいですね」というお言葉から生まれてきました。彼らのおかげもあって、楽しく加筆できました。書きすぎなくらい加筆してしまいその節は大変申し訳ありませんでした……。

なにかと不慣れな私を優しく導いてくださいました担当Y様、ビーズログ文庫編集部のみなさま、校正様、デザイナー様、出版にご尽力くださいました全ての関係者のみなさま。そして、殿下をとっても格好良く、クラウディアをめちゃくちゃ可愛く描いてくださった天領寺セナ先生。本当にありがとうございました。

無事結ばれたもののまだまだ二人には課題が残ってますが、どうか殿下とクラウディアのこれからを応援していただけましたら幸いです。

よろしければ、ぜひご感想などお聞かせ願えましたらとても嬉しいです！

最後までありがとうございました。またお会いできますように。

■ご意見、ご感想をお寄せください。
《ファンレターの宛先》
〒102-8177 東京都千代田区富士見2-13-3
株式会社KADOKAWA ビーズログ文庫編集部
三崎ちさ 先生・天領寺セナ 先生

●お問い合わせ
https://www.kadokawa.co.jp/（「お問い合わせ」へお進みください）
※内容によっては、お答えできない場合があります。
※サポートは日本国内のみとさせていただきます。
※Japanese text only

魅了魔法を暴発させたら破邪グッズをジャラジャラさせた王太子に救われました

三崎ちさ

2023年2月15日 初版発行

発行者	山下直久
発行	株式会社 KADOKAWA 〒102-8177 東京都千代田区富士見 2-13-3 （ナビダイヤル） 0570-002-301
デザイン	世古口敦志＋前川絵莉子（coil）
印刷所	凸版印刷株式会社
製本所	凸版印刷株式会社

ISBN978-4-04-737366-2 C0193

定価はカバーに表示してあります。